법 앞에서

Vor dem Gesetz

프란츠 카프카
전영애 옮김

법 앞에서

Vor dem Gesetz

프란츠 카프카

차례

법 앞에서

　　법(法) 앞에 문지기 한 사람이 서 있다. 시골 사람 하나가 와서 문지기에게 법으로 들어가게 해 달라고 청한다. 그러나 문지기는, 지금은 입장하는 걸 허락할 수 없노라고 말한다. 그 사람은 이리저리 생각해 보다가 그렇다면 나중에는 들어갈 수 있느냐고 묻는다. "그럴 수는 있지만." 하고 문지기가 말한다. "그렇지만 지금은 안 된다오." 문은 언제나 그렇듯이 열려 있고, 문지기가 옆으로 물러섰기 때문에 시골 사람은 문을 통해 안을 들여다보려고 몸을 굽힌다. 문지기가 그것을 보고는 웃으면서 말한다. "그렇게 마음이 끌리거든 내 금지를 어기고라도 들어가 보시오. 그렇지만 명심하시오. 내가 막강하다는 것을. 그런데 나로 말하자면 최하급 문지기에 불과하고, 방을 하나씩 지날 때마다 문지기가 서 있는데 갈수록 막강해지지. 세 번째 문지기만 되어도 나조차 쳐다보기가 어렵다고." 그 시골 사람은 그런 어려움을 예상하지 못했었다. 법이란 누구에게든 언제나 개방되어 있어야 마땅한 것이거늘, 하고 생각하지만 지금 털외투를 입은 문지기를 좀 더 찬찬히, 그의 커다란 매부리코며 길고 성긴 데다 시커먼, 타타르인 같은 턱수염을 뜯어보고 나니 차라리 입장 허가를 받을 때까지 기다리는 편이 낫겠다고 결심하기에 이르나. 문지기가 그에게 등받이 없는 의자 하나를 주고 문 곁에 앉아 있게 한다. 그는 여러 날 여러 해를 거기에 앉아 있는다. 입장하는 걸 허락받으려고 그는 여러 가지 시도를 해 보고 자주 부탁을 하면서 문지기를 지치게 한다. 문지기는 이따금씩 간단한 심문을 하는데, 고향이니 그 밖의 여러 가지를 묻지만, 그것은 높은 양반들이 으레 던지곤 하는 관심 없는 질문들이고, 끝에 가서는 언제나 다시금 아직 들여보내 줄 수 없다고 한다. 이번 여행을 위해 이 것저것 많이 챙겨 온 그 사람은 문지기를 매수하기 위해 제아무리 값진 것일지라도 지니고 있던 모든 것을 써 버린다, 문지기는 주는 대로 다 받으면서도 "받아 두기는 하지만, 그건 다 당신이 뭔가 해 볼 수 있는 일을 다 해 보지 못했다는 생각이 들지 않도록 받아 주는 거요."라고 말한다. 이 여러 해 동안 그 사람은 문지기를 거의 끊임없이 관찰한다. 그는 다른 문지기들은 잊어버리고, 이 첫 번째 문지기가 법으로 들어가는 데 있어서 단 하나의 장애라고 생각한다. 그는 이 불행한 우연을 처음 몇 년 동안은 큰 소리로 저주하다가, 후에 나이 들어서는 그저 혼자서 속으로 투덜거린다. 그는 어린아이처럼, 문지기를 여러 해 동안 살펴보다 보니 외투깃 속에 있는 벼룩까지도 알아보게 되었다. 그런 까닭에 벼룩에게까지 자기를 도와 문지기의 기분을 돌려 달라고 청한다. 마침내 시력이 약해져 그는 자기의 주위가 정말로 어두워지는지 아니면 눈이 자기를 속이는 것인지 분간하지 못한다. 그런데 이제 어둠 속에서 그는 분명하게 알아본다, 법의 문들로부터 꺼지지 않고 비쳐 나오는 사라지지 않는 한 줄기 찬란한 빛을. 이제 살 날이 얼마 남지 않은 것이다. 죽음을 앞두고 그의 머릿속에서는 그때까지의 모든 경험이, 그가 지금껏 문지기에게 던져 보지 못한 하나의 물음으로 집약된다. 이제 그는 굳어 가는 몸을 일으킬 수가 없어서 문지기에게 눈짓을 한다. 문지기는 그에게로 깊이 몸을 숙일 수밖에 없다. 그 사람의 몸이 워낙 오그라들어서 두 사람의 키 차이가 그에게 불리하게끔 벌어졌기 때문이다. "지금 와서 도대체 뭘 더 알고 싶은 거요?" 하고 문지기가 묻는다. "당신 욕심도 많군.", "모든 사람들이 법을 얻고자 노력할 텐데." 하고 그 시골 사람이 말한다. "이 여러 해를 두고 나 말고는 아무도 들여보내 달라는 사람이 없으니 어쩐 일이지요?" 문지기는 이 사람이 곧 임종하리라는 사실을 알아차린다. 그리하여 그의 스러져 가는 청각에 닿게끔 고함지르듯 이야기한다. "여기서는 다른 그 누구도 입장 허가를 받을 수 없었어, 이 입구는 오직 당신만을 위한 것이었으니까. 나는 이제 문을 닫고 가겠소."

죄와 고통, 희망
그리고 진정한 길에 대한 성찰

1

진정한 길은 드높이 팽팽하게 쳐진 줄이 아니라 땅바닥 위로 바싹 쳐진 줄처럼 나 있다. 진정 디디고 간다기보다는, 오히려 걸려 넘어지게끔 되어 있는 듯이 보인다.

2

모든 인간적인 과오는 초조, 방법적인 것의 때 이른 중단, 그럴듯한 일을 그럴듯하게 말뚝 박아 넣는 것이다.

3

모든 다른 죄악에서 비롯되는 두 가지 인간적 죄악이 있으니, 초조와 태만이다. 초조 때문에 그들은 낙원에서 추방되었고, 태만 때문에 되돌아가지 못한다. 그런데 어쩌면 단 하나의 근본적 죄악이 있으니 초조. 초조로 인해 그들은 추방되었고, 초조로 인해 되돌아가지 못한다.

4

많은 망자(亡者)들의 그림자가 죽음의 강의 물결을 핥는 데에만 골몰한다. 그 강이 우리에게서 비롯된 탓에, 아직도 우리 바다의 짠맛을 띠고 있기 때문이다. 그러다 보면 강물이 구역질로 솟구쳐서, 거꾸로 흘러, 망자들을 삶 쪽으로 되밀어 넣는다. 그러면 그들은 행복해하며, 감사의 노래를 부르면서 격분한 강물을 쓰다듬는다.

5

더 이상 되돌아갈 수 없는 어떤 한 점이 있다. 그 점엔 도달할 수 있다.

6

인간적 발전의 결정적 순간은 영원히 이어진다. 그래서 이전의 모든 것들이 아무것도 아니라고 선언하는 혁명적 운동들은 정당하다. 아직 아무것도 일어나지 않았기 때문이다.

7.

악의 가장 효과적인 유혹 수단 중의 하나는 투쟁에의 권유다.

8

그것은 침대에서 끝나는 여자들과의 싸움과도 같다.

9

A는 매우 교만하다. 그는 선(善)에 있어서 훨씬 앞서가 있

다고 믿는다. 분명 늘 유혹을 불러일으키는 대상이던 그가, 지금까지 전혀 몰랐던 방향으로부터 오는 점점 더 많은 유혹들에 자신이 아무런 방비 없이 노출되어 있다고 느끼기 때문이다.

10

그러나 제대로 설명하자면, 대단한 악마 하나가 그의 속에 자리를 차지하고 있고, 보다 작은 무수한 악마들이 이 대단한 자를 섬기러 온다는 것이 올바른 설명이다.

11 · 12

예컨대 사과 하나에 관해 사람들이 가질 수 있는 견해의 상이함을 들자면 이렇다. 식탁에 놓인 사과를 보기 위해 가까스로 목을 쭉 뽑아야 하는 어린 소년의 견해와 그 사과를 집어서 식탁에 더불어 앉은 이들에게 썩썩 건네주는 가장(家長)의 견해다.

13

인식이 시작되는 첫 표지(標識)는 죽고 싶다는 소망이다. 지금 이 삶을 견딜 수 없을 것 같고 다른 생활도 이룩할 수 없을 것처럼 보인다. 사람들은 죽고 싶다는 것을 더 이상 부끄러워하지 않으니, 증오스러운 누추한 감방에서 벗어나 새 감방으로, 이제 증오를 배우게 될 감방으로 보내지기를 청한다. 한 가닥 믿음의 잔재가 남아서다. 옮겨지는 도중에, 우연히 주인이 복도를 지나가다가 수인(囚人)을 보고 "이 사람을 다시는 감금하지 말라. 그는 나에게로 오는 사람이다."라고 말하리라는.

14

★ 네가 평지를 간다고 치고, 그렇게 가려는 소망을 가졌는데도 뒷걸음질을 친다면 그것은 절망적인 일일 터다. 그러나 너는 가파른, 너 자신이 발밑부터 보일 만큼 가파른 비탈을 기어오르므로, 뒷걸음질은 오로지 지형(地形) 때문에 야기되었을 수도 있느니만큼, 너는 절망하지 않아도 된다.

15

가을날의 길처럼. 그것은 깨끗하게 쓸어 놓자마자 다시 마른 잎으로 덮인다.

16

새장 하나가 새 한 마리를 찾으러 갔다.

17

이런 곳에 나는 아직 한 번도 가 본 적이 없다. 호흡조차 달라지고, 태양보다도 더 눈부시게 그 곁에서 별 하나가 빛나는 곳.

18

바벨탑을 기어오르지 않고서 세울 수 있었더라면, 그것은 허락되었을지도 모른다.

19

★ 악(惡)에 관하여 믿으려고 하지 말라, 네가 그 앞에서 비밀들을 가질 수도 있으리라고.

20

표범들이 사원(寺院)을 침범해서 성수(聖水) 항아리에 담긴 물을 모조리 퍼마신다. 그것이 반복되어 마침내 사람들이 그것을 미리 예측할 수 있게 되니, 이제 그 일은 의식(儀式)의 일부가 되었다.

21

손이 돌을 쥐듯이 굳게. 그러나 손은 힘을 준 만큼 돌을 더 멀리 던지기 위해서만 굳게 쥔다. 그러나 저 멀리로도 길은 이어진다.

22

너는 숙제다. 사방 어디에도 학생은 없고.

23

진정한 적수로부터는 무한한 용기가 네 마음속으로 들어온다.

24

이 행운을 이해하라, 네가 딛고 선 땅바닥이 두 발로 덮을 수 있는 것보다 클 수 없다는 행운을.

25

어찌 사람이 세상을 기뻐할 수 있겠는가, 세상에로 도망쳐 갈 때를 제외하면?

26

★ 숨을 곳은 무수하고, 구원은 하나뿐이지만 구원의 가능성은 다시금 숨을 곳만큼 많다.

★ 목표는 하나지만 길이 없다. 우리가 길이라고 부르는 것은 망설임이다.

27

부정적인 것을 행하는 일이 아직 우리에게 부과되어 있다. 긍정적인 것은 우리에게 이미 주어져 있으니.

28

한번 악을 집에 들이면, 그것은 더 이상 믿어 달라고 요구하지 않는다.

29

네가 네 마음속의 악을 받아들일 때 품는 속셈, 그것은 너의 것이 아니라 악의 것이다.

★ 집짐승이 주인에게서 회초리를 빼앗는다, 주인이 되겠다고. 그래서 자기 자신을 채찍질하면서도, 그것이 주인 채찍의 가죽끈 매듭 하나에 새로 맺혀 생겨난 환상일 뿐임을 모른다.

30

선은 어떤 의미에선 절망적이다.

31

나는 자제(自制)를 지향하지 않는다.

자제란 내 정신적 실존(Existenz)의 무한한 발산이 빚어낸 어느 우연한 자리에서 작용해 보고자 하는 것이다. 그러나 내가 그러한 테두리를 내 주위에 둘러 그어야 한다면, 나는 그 선 긋기를, 무엇을 행하기보다는 아무것도 하지 않고 그 거대한 복합체를 그저 놀랍게 응시하면서 보다 잘 행하고, 거꾸로 이러한 순간이 주는 흥분이나 가지고 집으로 돌아가겠다.

32

까마귀들은 주장한다, 단 한 마리의 까마귀가 하늘을 깨뜨려 놓을 수도 있다고. 거기엔 의심의 여지가 없지만, 하늘에 맞서 무엇을 증명하지는 못한다. 하늘이란 바로, 까마귀들에게 주어진 불가능을 뜻하니까.

33

★ 순교자들은 육신을 과소평가하지 않는다. 육신을 십자가 위에서 드높인다. 그 점에서 그들은 그들의 적수들과 일치한다.

34

그의 피곤은 싸움을 끝낸 검투사의 그것과 같다. 그가 하는 일은 관청 사무실의 한구석을 회칠하는 것이었다.

35

소유(Haben)란 없다, 다만 하나의 존재(Sein)가 있을 뿐. 다만 마지막 호흡을, 질식을 갈망하는 하나의 존재가 있을 따름이다.

36

예전에는 내가 왜 나의 물음에 대답을 받지 못했는지 이해하지 못했는데, 오늘날 나는 어떻게 내가 물을 수 있다고 믿을 수 있었는지를 이해하지 못하겠다. 그러나 나는 실로 전혀 믿지 않았었다. 다만 물었었다.

37

그의 대답은 떨림과 가슴의 박동뿐이었다, 그가 어쩌면 소유하였으되 존재하지 않는다는 주장에 대한 대답은.

38

어떤 사람이 놀랐다. ── 영원에의 길을 얼마나 쉽게 갈 수 있는지, 그는 그 길을 그냥 아래로 내달렸던 것이다.

39a

악에게는 할부로 갚을 수 없는데 ── 사람들은 그치지 않고 그러고자 시도를 한다.

알렉산더 대왕이 자기 젊은 시절의 전투적 성과들에도 불구하고, 본인이 훈련시킨 탁월한 군대에도 불구하고, 그가 마음속으로 느꼈던 '세계의 변화를 지향하는 힘'에도 불구하고, 다르다넬스 해협에서 멈춰 서서 그곳을 결코 건너지 못했으리라고 생각해 볼 수도 있다. 그것은 겁이 나거나 우유부단해서가 아니고, 의지가 박약하기 때문도 아니었다. 지구 중력 때문이었다고.

39b

길엔 끝이 없다. 거기에는 뺄 것도 없고 보탤 것도 없는데, 누구나 자기 자신의 어린아이 같은 자[尺]를 가져다 댄다. "분명, 이 한 뼘의 길도 아직 더 가야 한다, 명심하여라."

40

다만 우리의 시간 개념이 최후의 심판을 우리로 하여금 최후의 심판이라 부르게끔 했다. 원래 그것은 하나의 즉결 재판이다.

41

세상의 불균형은 다행스럽게도 숫자상의 개념에 불과해 보인다.

42

구토와 증오로 가득 찬 머리를 숙이기.

43

아직 사냥개들이 마당에서 놀고 있으나 들짐승들은 그들에게서 벗어나지 못한다, 지금 제아무리 기왕 숲 속을 질주하고 있더라도.

44

세태로 보아서는 우스꽝스럽게도 너는 스스로한테 마구(馬具)를 매었다.

45

말을 많이 맬수록 그만큼 더 빨리 간다. ─ 즉 차꼬를 기초에서 떼어 내는 일은 불가능하지만, 가죽끈이야 찢길 터다. 그럼으로써 즐거운 텅 빈 질주다.

46

'존재한다.(sein)'라는 말은 독일어에서 두 가지 뜻을 지녔으니, '현존(現存, Dasein)'과 '그의 것(Ihmgehören)'이다.

47

그들에게 선택이 주어졌다, 왕이 되느냐 왕의 파발꾼이 되느냐. 아이들은 천성에 따라 모두 파발꾼이 되고자 했다. 그래서 온통 파발꾼만 있게 되어, 파발꾼들이 세상을 두루 뛰어다니며, 왕이 없으므로, 자기들끼리 서로에게 무의미해진 통보를 외쳐 댔다. 자기들의 비참한 생활을 끝장내고 싶어 했을 테지만, 직무 서약 때문에 감히 그렇게는 하지 못한다.

48

진보를 믿는 것, 그것은 진보가 이미 이루어졌다고 믿지 않는 것이다. 그러한 믿음은 믿음이 아닐지도 모른다.

49

A는 명인이고, 하늘은 그의 증인이다.

50

★ 인간은 자기 자신 속의 어떤 깨뜨릴 수 없는 것을 지속적으로 신뢰하지 않고서는 살 수 없는데, 그 깨뜨릴 수 없는 것에 대한 신뢰는 그에게 언제까지나 감춰져 있을 수 있다. 이러한 은폐의 표현 가능성 중의 하나가 어떤 개인적 신(神)에 대한 신앙이다.

51

★ 뱀의 중재가 필요했으니, 악은 인간을 유혹할 수 있지만 인간이 될 수는 없다.

52

★ 너와 세상의 싸움에서 세상은 부차적이다.

53

아무도 속여서는 안 된다. 세상이 이긴다는 이유로, 세상 또한 속여서는 안 된다.

54

하나의 정신적 세계 외에는 아무것도 존재하지 않는다. 우리가 감각 세계라고 부르는 것은 정신적 세계 속의 악이다. 또 우리가 악하다고 부르는 것은 우리가 이뤄 내는 영원한 발전의 한순간이 빚어낸 필연성일 뿐이다.

★ 가장 강한 빛으로는 세계를 녹여 버릴 수 있다. 약한 눈 앞에서는 세계가 굳어지고, 더 약한 눈앞에서는 주먹을 얻어 맞고, 그보다 더 약한 눈앞에서는 수줍은 나머지 감히 그것을 바라보려는 자를 박살내 버린다.

55

모든 게 기만이다, 기만의 최소도(最小度)를 추구하는 것, 보통 정도에 머무는 것, 최고도(最高度)를 추구하는 것, 모두. 첫째 경우엔 선을 '너무 쉽게 얻을 수 있는 것'으로 만들고자 함으로써 선을 기만한다. 그리고 악에게는 너무도 불리한 투쟁 조건을 부여함으로써 악을 기만한다. 둘째 경우에는 현세적인 것 가운데서 단 한 번도 선을 지향하며 노력하지 않음으로써 그것을 기만한다. 셋째 경우에는 선으로부터 될 수 있는 한 멀리 떨어짐으로써 선을 기만하고, 악을 최고도로 상승시켜 무력해지기를 희망함으로써 악을 기만한다. 그래서 두 번째 경우를 선호하게 될지도 모른다. 왜냐하면 선이란 늘 기만적이고, 이 경우에 악은, 적어도 보기에는 기만적이지 않기 때문이다.

56

질문들이 있다, 우리가 태생부터 그것으로부터 해방되지 않고서는 넘어설 수 없는 질문들이.

57

언어는 감각 세계 밖의 모든 것에 대해서는 다만 '암시적'으로 사용될 수 있다. 하지만 결코 비슷하게라도 '비교적'으

로는 사용될 수 없다. 그것은 감각 세계와 상응하며 다만 소유
와 그 관계들만을 다루기 때문이다.

58

★ 될 수 있으면 거짓말을 하지 않는 건, 될 수 있으면 거
짓말을 하지 않을 때뿐이다. 될 수 있으면 그럴 기회가 없을
때가 아니다.

59

발걸음으로 푹 패지 않은 계단은, 그 자체로 보면, 뭔가 황
량하게 한군데에 이어 붙여 놓은 목재일 뿐이다.

60

세상을 체념하는 사람은, 모든 인간을 사랑해야 한다. 다
른 모든 인간의 세상 또한 체념해 버리기 때문이다. 그런 까닭
에 그는 사랑할 수밖에 없는 진정한 인간적 본질을 예감하기
시작한다. 그가 그럴 만한 사람이라고 전제하고.

61

★ 세상 안에서 자기 이웃을 사랑하는 이는, 세상 안에서
자기 자신을 사랑하는 이보다 더도 말고 덜도 말고 부당(不當)
을 자행한다.

다만 전자가 가능한가, 하는 물음이 남았는지도 모른다.

62

하나의 정신적 세계 바깥에는 아무것도 존재하지 않는다

는 사실이 우리에게서 희망을 앗아 가지만 또 우리에게 확신
을 준다.

63

우리의 예술이란 일종의, 진실에 의해 눈이 부신 상태다.
따라서 뒤로 물러선 찡그린 얼굴 위에 내린 그 빛은 진실하고,
그 밖엔 아무것도 진실하지 않다.

64 · 65

낙원에서의 추방은 본질적으로 영원하다. 말하자면 낙원
에서의 추방은 최종적이고, 세상에서의 삶은 불가피하다. 그
럼에도 불구하고 과정의 영원성(혹은 시간적으로 표현하자면 과
정의 영원한 반복)은 우리가 낙원에 머무를 수도 있는 것뿐만
아니라, 실제로 그곳에 지속적으로 있는 것을 가능하게 한다.
우리가 그것을 여기에서 알든 모르든 상관없이.

66

그는 자유롭고 안정된 대지의 시민이다. 그것은 그가 사
슬에 매여 있기 때문이다. 그 사슬은 그에게 현세의 모든 공간
을 자유롭게 부여하기엔 충분히 길지만, 어떤 무언가가 그를
대지의 경계선 너머로 낚아채 갈 수 없을 만큼만 길다.

그러나 그는 동시에 자유롭고 안정된 천상의 시민이기도
하다. 왜냐하면 그는 또한 비슷하게 측량된 천상의 사슬에 묶
여 있기 때문이다.

그런데 그가 지상으로 가려고 하면 천상의 올가미가 그에
게 제동을 걸고, 또 하늘로 가려고 하면 땅의 올가미가 그를

붙잡는다.

67

그는 스케이트 초심자처럼, 게다가 누군가가 금지한 곳에서 연습하는 초심자처럼 사실들을 쫓아다닌다.

68

더 즐거운 게 뭐가 있겠는가, 가정의 수호신에 대한 믿음보다!

69

이론상으로는 완전한 행복의 가능성이 하나 있으니, 자기 자신 속의 깨뜨릴 수 없는 부분을 믿고 그쪽을 지향하지는 않는 것이다.

70 · 71

깨뜨릴 수 없는 것 하나가 있으니 모든 개개의 인간이 그것이요, 동시에 그것은 모든 사람들에게 공통된다. 그래서 인간은 유례없을 정도로 불가분하게 결합돼 있다.

72

★ 같은 사람 속에, 전혀 다른데도 그 객체는 같아서 다시금 동일한 인간 속에 있는 상이한 주체들에서 비롯됐다고 거꾸로 추론해 볼 수밖에 없는 인식들이 존재한다.

73

그는 자신의 식탁에서 떨어지는 쓰레기를 처먹는다. 그래서 그는 잠깐 다른 사람들보다 배부르기는 하나, 식탁 위의 음식을 먹는 걸 아주 잊어버리고, 그 때문에 장차 쓰레기마저 나오지 않게 된다.

74

낙원에서 파괴되었다는 것이 파괴될 수 있는 것이었다면, 그건 결정적인 것이 아니다. 그러나 만약 그것이 파괴될 수 없는 것이었다면, 우리는 그릇된 믿음에 빠져 사는 것이다.

75

인간성으로 너를 시험해 보라. 인간성은 회의하는 자를 회의하게 하고 믿는 자를 믿게 한다.

76

★ 이런 느낌. "여기에 나는 닻을 내리지 못한다." — 하여 곧바로 파동하고 싶어 가는 조류를 주위에서 느끼기!

★ 한 가닥 급선회. 숨어서 엿보다 겁에 질려 떨고, 발원하며, 대답이 질문의 주변을 조용히 맴돈다. 그 범접할 수 없는 얼굴의 기색을 절망적으로 살피며 구하고, 가장 의미 없는 길들, 즉 대답으로부터 가능한 한 떠나려고 애쓰는 길들 위에서 그것을 쫓는다.

77

인간과의 교류는 자신을 성찰하도록 유혹한다.

78

정신은 자유로워진다, 버팀목이기를 그만둘 때 비로소.

79

감각적 사랑은 마치 숭고한 애정 따위는 없는 것처럼 속인다. 혼자서는 그럴 수 없을지도 모른다. 그러나 그것은 저도 모르게 숭고한 애정의 요소를 자기 내부에 지니고 있기 때문에 그럴 수 있는 것이다.

80

진실은 불가분이다. 따라서 그 자체로는 인식할 수 없는 것이다. 진실을 인식하겠다는 자는 거짓말을 하는 게 틀림없다.

81

그 누구도 궁극적으로 자신을 해치는 것을 바랄 수는 없다. 그럼에도 불구하고 개개의 인간에게서 그러한 바람을 찾아볼 수 있다면 ── 그리고 어쩌면 늘 그렇다. ── 그것은 다음을 통해 설명된다. 이를테면 사람 속의 그 누군가가 무엇인가를 바라는데, 그 바람은 '그 누군가'에게는 이롭지만, 어떤 사안을 판결하기 위해 절반쯤 끌어들여진 또 다른 '그 누군가'를 해친다. 사람이 판단을 할 때 '비로소'가 아니라 바로 '처음부터' 두 번째의 '그 누군가'의 편에 선다면 첫 번째의 '그 누군가'는 사라지고, 그와 더불어 그런 바람도 사라지리라.

82

어째서 우리는 인간의 타락을 두고 탄식하는가? 우리는 타락 때문에 낙원으로부터 추방된 것이 아니다. 생명나무 때문에 추방되었다, 우리가 그걸 먹지 못하도록.

83

우리가 죄를 지은 것은 선악과를 따 먹었기 때문만은 아니다. 생명나무의 열매를 아직 먹지 못했기 때문이기도 하다. 죄가 있는 건 우리가 처한 입장이다, 죄와는 무관하게.

84

우리는 낙원에서 살도록 창조되었고, 낙원은 우리를 섬기도록 정해져 있었다. 그런데 우리의 운명이 변했다. 이러한 운명의 변화를 낙원 또한 겪었을지도 모른다는 점은 말하지 않는다.

85

악은 특정한 경과 위치에서 발산된 인간 의식이다. 감각적인 세계가 본래부터 가상(假像)인 것은 아니지만 악은 그러하다. 아무튼 그 악은 우리의 눈에 보이기에 감각적인 세계를 형성하고 있다.

86

실낙원 이래로 우리는 선악의 인식 능력에 있어서만큼은 본질적으로 동일하다. 그럼에도 불구하고 우리는 바로 그 점 덕분에 우리들의 뛰어난 부분을 찾아낸다. 그러나 진정한 다

양성은 이러한 인식의 피안에서 비로소 시작된다. 다음의 것을 통해, 즉 아무도 인식 하나만으로는 만족할 수 없고, 그것에 상응하게 행동하려고 애써야 한다는 사실을 통해서 반대의 모습을 드러내기도 한다.

그러나 그러기 위한 힘이 그에게는 함께 주어져 있지 않다. 그래서 그는 자기 자신을 파괴해야 한다. 그럼으로써 필수 불가결한 힘조차 유지할 수 없는 위험에 처한다. 따라서 그에게는 이러한 마지막 시도 외에는 달리 할 수 있는 일이 아무것도 남아 있지 않다. (이것이 또한 선악과를 금지하면서, 이걸 먹으면 죽는다고 위협을 한 의미이기도 하다. 어쩌면 그것은 또한 자연적 죽음의 원초적 의미일지도 모른다.) 그런데 그는 이러한 시도를 두려워하니, 차라리 선악의 분별을 되돌렸으면 한다. (인간의 타락을 드러내는 표시도 이러한 두려움으로 귀결된다.)

그러나 일어나 버린 일은 돌이킬 수가 없고, 다만 슬퍼할 수 있을 뿐이다.

이러한 목적에서 동기들이 생겨난다. 온 세계는 그것으로 가득 차 있다. 실로 눈에 보이는 온 세계는, 어쩌면 한순간 쉬고 싶은 인간의 동기와 다르지 않다. 인식이라는 사실을 변조하여 이것을 비로소 목표로 만들려는 하나의 시도다.

87

신앙이란 단두대의 도끼와 같다, 그토록 육중하고 그토록 날래다.

88

죽음은 우리 앞에 있다, 대략 교실 벽에 알렉산더 대왕의 전투 그림이 걸려 있듯이.

지금의 이 삶 가운데서 우리들의 행위를 통해, 그 그림을 어둡게 하거나 심지어 아주 지워 버리는 일은 중요하다.

89

인간은 자유 의지를 가지고 있다, 그것도 세 가지나.

첫째로 그는 스스로 이 삶을 원했을 때 자유로웠다. 어쨌든 그는 이것을 이제 와서야 돌이킬 수는 없다. 이제는 그가 당시에 그것을 원했던 이가 아니기 때문이다. 기껏 살아 있음으로 당시의 뜻을 수행하는 정도이리라.

둘째로 그는 이 삶의 걸음걸이와 길을 선택할 수 있음으로 자유롭다.

셋째로 그는 언젠가 다시 존재할 자로서, 자신으로 하여금 그 어떠한 조건 아래에서든 삶을 살아가고 이런 방식으로 자기 자신에게 이르게 하는 의지를 가졌기에 자유롭다. 그 도정은 그가 선택할 수 있지만 어떤 경우에든 이 삶의 어떤 작은 지점을 스치지 않고서는 지나칠 수 없을 정도로 미궁 같은 길이다.

이것이 자유 의지의 세 종류다. 그러나 그것은 또한 동시적이기 때문에 한 가지이기도 하다. 그런데 근본적으로는 너무나 심하게 동류여서 의지를 위한 자리는 없다, 자유로운 의지든 부자유한 의지든.

90

★ 두 가지 가능성이 있으니, 자신을 무한히 작아지게 하거나 무한히 작은 것. 두 번째 것은 완성, 따라서 무위다. 첫 번

째 것은 시작, 따라서 행위다.

91

말실수를 피하기 위하여. 행동으로써 파괴해야 할 것은, 파괴될 때까진 아주 견고하게 지켜져야 한다. 그런데 부스러져 떨어지면서 또 부스러져 떨어지는 건 파괴될 수가 없다.

92

최초의 우상 숭배는 분명 사물들에 대한 두려움이었을 터다. 그러나 그것과 연관해서 사물들이 지닌 필연성에 대한 두려움이었고, 또 그것과 관련해서 사물들에 대한 책임감에 따른 두려움이었으리라.

이 책임감이 하도 엄청나게 보여서, 사람들은 결코 그것을 인간 바깥의 단 하나의 존재에게 감히 부과하지 못했다. 한가지 존재의 중재를 통하더라도 인간의 책임은 여전히 충분하게 경감되지 못했을 테다. 또한 단 한 가지 존재와의 교류도 막중한 책임으로 얼룩졌을 것이므로.

그래서 사람들은 각각의 사물에 그 자체에 대한 책임을 부여하였고, 나아가 이러한 사물들에 인간에 대한 상당한 책임까지도 부여했다.

93

★ 마지막으로 심리학을!

94

삶의 시초에 얽힌 두 가지 과제. 네 삶이 그리는 원(圓)을 점점 더 제한하기, 그리고 네가 너의 원 바깥쪽 어딘가에 숨어 있지 않은지 거듭 점검하기.

95

악(惡)은 이따금씩 연장처럼 손안에 있다. 남이 알게끔 혹은 남이 모르게끔. 악을 이의 없이 곁에다 비켜 놓으려는 의지를 가지고 있다면 그렇게 할 수 있다.

96

이 삶의 기쁨들은 삶의 것이 아니고, 보다 높은 삶으로의 상승에 대한 우리의 두려움이다. 이 삶의 고통들은 삶의 것이 아니고, 저 두려움으로 인한 우리의 자학이다.

97

오로지 이승에서만 괴로움이 괴로움일 뿐이다. 여기서 괴로워하는 이들이 그 괴로움 때문에 마치 다른 곳에선 마땅히 대접받기라도 해야 하는 건 아니다. 오히려 세상에서의 괴로움은 다른 세계에서도 변화하지 않고, 다만 그 모순에서 해방되어서 열락(悅樂)이 된다.

98

★ 우주의 광대무변한 넓이와 충만에 관한 표상은 고단한 창조와 자유로운 자각을 섞어 극단까지 밀고 나간 결과다.

99

지금 우리가 죄를 지었다는 처지에 대한 지극히 혹독한

확신보다도 더 무겁게, 극히 미약한 다른 확신이 얼마나 마음을 짓누르는지. 우리 존재의 시간성 혹은 무상함이 언젠가 과거에 영원히 합리화되었다는 확신 말이다. 이 두 번째 확신을 참고 견뎌 낼 수 있는 힘만이 믿음의 척도인데, 두 번째 확신은 그 순수함에 있어서 첫 번째 확신을 완전히 포괄한다.

★ 어떤 사람들은 엄청난 원초적 기만과 더불어 어느 경우에서든 특별히 자기들을 위해 자그마한 기만이 따로 마련될 수 있다고 가정한다. 그러니까 무대에서 연애극이 공연될 때 여배우가 자신의 애인 배역을 위해 꾸민 웃음 외에도, 맨 뒷자리 꼭대기 관람석에 앉은 아주 특별한 관객을 위해 내보이는 유독 음험한 웃음마저도 어떤 기만을 지니고 있으리라 가정한다. 그것은 지나친 생각이다.

100

악마적인 것에 대한 앎은 있을 수 있으나 믿음은 있을 수 없다.

왜냐하면 악마적인 것은 지금 여기에 있는 것 이상으로 존재하지 않기 때문이다.

101

죄는 언제나 숨김없이 닥쳐오니 감관(感官)들로 곧 포착할 수 있다. 죄는 그 뿌리를 딛고 가기도 하니, 뿌리까지 뽑혀서는 안 된다.

102

우리 주변의 모든 괴로움을 우리도 괴로워해야 한다. 우리 모두가 하나의 몸은 아니지만 성장에 있어선 한 가지다. 그 점이 우리로 하여금 이런 형태든 저런 형태든 모든 고통을 거치게끔 한다.

어린아이가 삶의 모든 단계를 거쳐 늙음과 죽음에 이르기까지 발전해 가듯이 (그리고 늙음의 단계는 그 바탕에 있어서, 욕구에서든 공포에서든, 그 이전의 단계에 영향을 미치기 어려워 보인다.) 우리도 우리 자신 못지않게 인류와 깊이 결합되어 있기에 이 세계의 괴로움을 모두 겪으며 발전한다.

이런 관점에서 볼 때 정의를 위한 자리는 없고, 괴로움에 대한 공포나 마땅히 받아야 할 것으로서 괴로움을 해석하기 위한 자리 또한 없다.

103

너는 세상의 외로움으로부터 뒤로 물러설 수 있다. 그건 네 마음이고 네 본성에 따르는 일이다. 그러나 어쩌면 바로 이러한 물러섬이, 네가 피할 수도 있었을 단 하나의 괴로움일 것이다.

105

이 세계의 유혹 수단과 이 세계가 다만 일시적이라는 사실에 대한 증거는 똑같다. 그것은 옳다. 왜냐하면 그래야만 이 세상은 우리를 유혹할 수 있고, 그게 진실에 상응하니까. 그러나 가장 고약한 사실은 유혹이 성공하고 나면 우리가 그 증거를 잊어버린다는 점이다. 정말로 선이 우리를 악의 내부로, 여인의 눈길이 우리를 그녀의 침대 속으로 끌어들였다는 점이다.

106

겸손은 누구에게나, 외롭고 절망한 자에게도, 동일한 인간과 더없이 강한 관계를 갖게끔 한다, 그것도 즉시. 아무튼 완전하고 지속적인 겸손에 있어서만 그러하다. 겸손이 그렇게 할 수 있는 건 그것이 진정한 기도의 말, 즉 경배며 동시에 가장 굳건한 결속이기 때문이다. 더불어 살아가는 인간과의 관계는 기도의 관계며, 자신과의 관계는 지향의 관계다. 기도에서 지향을 위한 힘이 솟아난다.

★ 네가 기만 외에 달리 무엇을 훤히 알 수 있겠는가? 언젠가 그 기만이 파괴될 때 뒤돌아봐서는 안 된다. 그러지 않으면 네가 소금 기둥이 될 테니.

107

모두가 A에게 매우 친절하다. 그것은 대략 사람들이 탁월한 당구대를 훌륭한 선수들에게조차 내주지 않다가 위대한 선수가 와서 그 당구대를 정확하게 진단하고, 때 이른 결함이라면 뭐든지 찾아내 줄 때까지 조심스럽게 보관하고자 하는 것과 같다. 그러나 정작 그런 사람이 직접 당구를 치기 시작하면 형편없이 펄펄 뛴다.

108

"그리고 나서 그는 자신의 일로 되돌아갔다, 마치 아무 일도 없었던 것처럼."

이것은 수많은 옛날이야기에서 찾아볼 수 있는, 우리에게 익숙한 문구다. 어쩌면 그 어떤 이야기에서도 나오지 않았는데도 불구하고 말이다.

109

"우리에게 믿음이 없다고 말할 수는 없다. 우리들이 살아가고 있다는 단순한 사실만 해도, 그 믿음의 가치에 있어선 무궁무진하다.", "여기에 일말의 믿음의 가치라도 있는 것일까? 살아가지 않을 수 없잖은가.", "바로 이 '않을 수 없잖은가.'에 믿음의 광적인 힘이 숨겨져 있다. 이러한 부인(否認) 가운데서, 그것은 형태를 얻는다."

★ 굳이 집 밖으로 나갈 필요는 없다. 네 책상에 머문 채로 귀를 기울여라. 한 번만 귀를 기울이지 말고 기다려라. 한 번만 기다리지 말고, 완전히 고요하게 홀로 있어라. 세상이 네게 본색을 드러내 보이려고 스스로를 제공하리라. 별도리 없이, 환희에 찬 채로 네 앞에서 굽이칠 것이다.

작은 우화

"아!" 쥐가 말했다. "세상이 날마다 좁아지는구나. 처음엔 하도 넓어서 겁이 났는데, 자꾸 달리다 보니 마침내 좌우로 벽이 보여서 행복했었다. 그런데 이 긴 벽들이 어찌나 빨리 마주 달려오는지 나는 어느새 마지막 방에 와 있고, 저기 저 구석엔 덫이 있다. 나는 그리로 달려 들어가고 있다." ― "너는 달리는 방향만 바꾸면 돼."라고 고양이가 말하며 쥐를 잡아먹었다.

굴[1]

굴을 팠는데 잘된 것 같다. 밖에서 보이는 것이라고는 커다란 구멍 하나뿐이지만 사실 이 구멍은 그 어디로도 이어지지 않아서 몇 걸음만 지나면 단단한 자연석과 맞닥뜨리고 만다. 이런 꾀를 의도적으로 짜냈다고 뻐기려는 게 아니다. 그것은 오히려 허사로 돌아간 수많은 굴 파기 시도의 한 잔재였는데, 결국 이 구멍 하나를 무너뜨려 버리지 않고 두는 편이 내겐 유리해 보였다. 물론 꾀를 부리면 허다히 제 꾀에 넘어가 제 목을 조른다는 걸 내가 그 누구보다도 잘 아느니만큼 아무래도 이 구멍으로써 여기에 무엇인가 찾아내 볼 만한 것이 있을지도 모른다고 주목한 행동은 확실히 대담한 지경이었다. 그렇지만 내가 비겁하고, 아마도 오로지 비겁한 탓에 굴을 파기 시작했다고 믿는 사람이 있다면 나를 잘못 안 것이다. 이 구멍에서 천 걸음쯤 떨어진, 걷어 낼 수 있는 이끼층에 가려진 굴로 통하는 진짜 통로가 있는데, 그곳은 세상 그 무엇보다도

---

1   '건축'이라고도 번역된다.

안전하게 마련돼 있었다. 분명 어느 누군가가 이끼를 짓밟거나 밀어붙이면 들어올 수는 있다. 그러면 거기서 나의 굴이 다 드러나고, 내킨다면 — 그러기 위해서는 아주 흔치 않은 어떤 능력이 필요하다는 사실을 잘 알아 두셔야겠지만 — 밀고 들어와 모든 것을 영영 짓부수어 놓을 수 있다. 나는 그 점을 잘 알고 있으며 나의 인생이 절정기에 있는 지금에조차도 완전히 평온한 시간이라고는 거의 한순간도 없고, 저기 저 어두운 이끼 속의 자리에서 언젠가 나는 죽어야 할 것이며, 자주 꿈에 잠겨 탐욕스러운 코를 킁킁거리며 끊임없이 돌아다녔다. 또한 언제든 큰 힘을 들이지 않고 새로이 출구를 만들 수 있게끔 위는 단단한 흙이 얇은 층을 이루도록 했고, 밑에는 푸석한 흙으로 된 입구 구멍이 있는데, 나 스스로 이것을 정말로 무너뜨려 막아 버릴 수도 있으리라고 생각하리라. 그렇지만 그것은 불가능하다. 다름 아니라 신중함이 나로 하여금 즉시 도망갈 수 있는 가능성을 요구하고, 또 신중함이 유감스럽게도 퍽 자주, 생명을 건 모험을 요구한다. 그 모든 것은 정말이지 고달픈 헤아림이니, 이따금씩 명석한 두뇌가 스스로에게서 느끼는 기쁨은 계속 헤아려 나아가게끔 하는 유일한 이유가 되기도 한다. 나는 즉시 도망칠 수 있는 가능성을 가지고 있어야 한다. 내가 아무리 정신을 바짝 차리고 있더라도 전혀 예기치 못한 쪽에서 공격받을 수도 있을 것 아닌가? 내가 나의 집 가장 깊은 곳에서 평화롭게 살고 있는 사이에 천천히 그리고 소리 없이 적수가 그 어디선가 나를 향해 뚫고 들어온다. 나는 나의 적수가 나보다 예민한 감각을 지녔다고는 말하지 않겠다. 어쩌면 내가 그를 모르듯 그 역시 나를 모를 것이다. 그러나 덮어놓고 흙을 마구 파 뒤집는 우악스러운 강도들이 있는 법이다. 나의 굴은 엄청나게 길기에 그들도 어디선가는 나의 길과 맞닥뜨릴 가능성이 있다. 물론 나는 내 집에 있으므로 모든 길과 향배를 다 잘 안다는 이점(利點)이 있다. 강도 쪽에서 나한테 사로잡힐 공산이 크다, 달콤하고 맛있는 먹이로. 그러나 나는 늙어 가는 데다 나보다 원기 왕성한 자가 많고 적수는 무수히 있으니 내가 어떤 적 앞에서 도망치다가 다른 적의 올가미로 달려드는 일조차 일어날 수 있다. 아, 그 무슨 일인들 일어나지 못하겠는가! 아무럼 나에겐 밖으로 나가기 위해 더 이상 작업하지 않아도 되는, 쉽게 도달할 수 있는, 완전히 열린 출구가 그 어딘가에 있다는 확신이 꼭 필요하다. 가령 아무리 가볍게 쌓아 놓은 것이라 할지라도 내가 그곳을 절망적으로 파는 동안 갑자기 — 제발, 부디 그런 일은 없기를! — 내 허벅지가 추적자의 이빨을 느끼게 되지 않도록. 그런데 나를 향해 파 들어오는 것은 외부의 적들뿐만 아니다. 땅속에도 적들이 있다. 난 아직 그들을 본 적이 없으나 그들에 관한 전설은 알고 있으며, 나는 그걸 굳게 믿는다. 그들은 땅속의 생물들로, 전설에도 그 모습은 전해지지 않는다. 그들의 희생물이 된 이들조차도 그들의 모습을 미처 보지 못했다고 한다. 그들은 자신들의 원소인 흙 속에서 자기 발톱으로 긁어 대는데, 그 소리가 들리면 그들이 오는 것이고, 그 찰나에 이미 그걸 듣던 자는 없어져 버리고 만다. 그러니 나는 내 집에 있다기보다는 오히려 그 생물들의 집에 있는 셈이다. 그들로부터는 저 출구도 나를 구하지 못하고, 아니 실은 그 누구로부터도 나를 구하지 못하고 멸망시킬 뿐이다. 그래도 출구는 희망이며 나는 그것 없이는 살 수 없다. 이 큰길 외에도 바깥세상과 나를 긴밀하게 연결해 주는 것은, 나에게 숨 쉬기에 좋은 공기를 마련해 주는 꽤 안전한 이 길들이다. 그건 들쥐들이 놓은 길이었다. 나는 그 길들을 적절하게 내 굴과 연결시킬 수 있었다. 또한 그 길들은 내 후각이 멀리까지 미칠 수 있도록 해 주었고 그로써 나를 지켜 주었다. 또한 내가 잡아먹는 온갖 작은 족속들이 그 길을 지나감으로써 나는 나의 굴을 떠나지 않고도 어느 정도, 그러나 보잘것없는 생활을 이어 가기에는 너끈한 작은 짐승 사냥을 할 수 있었으니 그것은 물론 아주 소중한 일이었다.

그러나 내 굴의 멋진 점은 뭐니 뭐니 해도 정적이다. 물론, 그 정적은 믿을 수 없다. 그건 한순간에 갑자기 깨어져 버릴 수 있고 그러면 모든 것이 끝장난다. 그러나 잠정적으로, 아직은 정적이 있고 고요하다. 나의 통로들을 몇 시간이고 살금살금 다녀도 나는 조그만 동물들이 내는 서걱 소리와 — 나는 그런 소리가 나는 즉시 동물들을 내 이빨 사이로 넣어 조용하게 한다. — 나에게 어딘가 수리를 해야 된다고 알리는 흙이 새는 소리 말고는 아무 소리도 듣지 못한다. 그 밖에는 조용하다. 숲의 공기가 들어오는데, 그것은 따뜻하면서도 서늘하다. 이따금씩 기분이 좋아져 통로 안에서 몸을 쭉 펴고 이리저리 굴리기도 한다. 다가오는 노후를 앞두고 이런 집이 있다는 것, 가을이 시작되는데 지붕 밑에 있을 수 있다는 것은 근사하다. 백 미터마다 통로를 넓혀 조그만 둥근 광장을 만들어 놓았으니 거기서 나는 편안하게 몸을 오그리고 체온으로 몸을 녹이며 쉴 수 있다. 거기서 나는 평화로운 단잠을, 채워진 욕구 그리고 자기 집을 소유했다는 달성된 목표의 단잠을 잔다. 나의 잠을 깨우는 것이 옛 시절의 습관인지 아니면 이 집 또한 지니고 있는 충분한 크기의 위험들 때문인지 모르겠지만 나는 규칙적으로 문득문득 깊은 잠에서 깨어나 밤이나 낮이나 변함

없이 이곳에 가득 깔린 정적을 엿듣고 또 엿듣다가 안심하여 웃고 나면 전신에 맥이 풀려 더욱 깊은 잠에 빠진다. 기껏해 야 낙엽 더미 속으로 기어들거나 무리에 껴서 세상의 온갖 타락에 내던져진, 들길이나 숲 속의 저 가엾은, 집 없는 떠돌이들! 나는 여기 사방으로 안전한 광장에 누워 있고 — 내 굴에 는 이런 곳이 오십 군데도 넘게 있다. — 꾸벅꾸벅 졸거나 정신없이 자는 사이에 시간이 가고, 그 시간마저도 내 마음 내키는 대로 고른다.

극도로 위험한 경우, 바로 추적까지는 아니더라도 포위당할 경우를 깊이 고려하여 굴의 한가운데에서 조금 비켜난 위치에 중앙 광장을 두었다. 다른 모든 일이 육체노동이라기보다는 오히려 긴장된 정신노동이었는 데에 비해, 이 성곽 광장은 내 몸을 있는 대로 다 써서 이룬 더할 나위 없이 힘든 노동의 성과다. 몇 번이나 나는 몸이 하도 지쳐서 절망한 나머지 모든 것을 내동댕이치고 벌렁 드러누워 뒹굴면서 굴을 저주하고 굴을 열어 둔 채로 내버려 두었다. 그러고는 몸을 질질 끌고 밖으로 나가 버렸다. 그럴 수 있었던 건 다시는 굴로 되돌아오지 않으려 했기 때문이었는데 그러다가 몇 시간 혹은 며칠이 지나면 후회가 나서 되돌아왔다. 그러면 굴이 성한 것이 기뻐서 콧노래가 나올 지경이었고 정말 즐거워하며 새롭게 일을 시작했다. 계획한 대로 진척되어야 할 부분에 가서 하필 지반이 약하고 사질인 걸 알게 된다. 멋진 반원형 천장으로 마무리된 커다란 광장을 만들자면 바로 그 부분의 땅을 단단하게 다져야 했음으로, 성곽 광장의 작업은 불필요하게도(불필요하다는 것은 헛된 작업에서 건축이 진정한 이득을 아무것도 얻지 못했음을 의미한다.) 가중되었다. 그런데 그런 작업을 하는 데에 있어 내가 가진 것이라고는 이마뿐이었다. 그러므로 나는 수천수만 번을 몇 날이고 몇 밤이고 돌진하여 이마를 땅에다 짓찧었다. 이마가 깨져 피가 나면 행복했나. 그선 벽이 틴틴헤기기 시자 했다는 증거였으므로, 그렇게 나는 피를 흘릴 만한 일이라고 인정하였다. 나에겐 성곽 광장을 얻을 자격이 충분했다.

이 성곽 광장에 나는 나의 저장품들을 모은다. 당장 시급히 필요한 것뿐 아니라 굴 안에서 잡은 모든 것 그리고 집 밖에서 사냥해 가져온 모든 것을 나는 여기에 쌓아 둔다. 광장은 반년 치 저장품으로도 다 못 채울 만큼 크다. 그래서 나는 그것들을 쭉 늘어놓고 그 사이를 왔다 갔다 하면서 그것들을 가지고 놀기도 하고 그 풍족한 양과 갖가지 냄새를 즐기며 언제나 무엇이 얼마만큼 어떻게 있는지 파악을 할 수 있다. 그러니까 또한 언제든 계절에 맞춰 새롭게 배치해 볼 수 있고 필요한 예산도, 사냥 계획도 짤 수 있다. 이렇듯 생계 걱정이 없다 보니 먹는 데 도무지 무심해져서, 여기를 싸돌아다니는 조그만 것들은 건드리지 않을 때도 있다. 그것은 아무튼 다른 이유에서, 아마도 신중하지 못한 일일 터다. 방어 준비에 자주 골몰하다 보니, 자연히 그러한 목적으로 굴을 빈틈없이 이용하리라 생각했던 나의 견해들도 변화, 발전했다. 이를테면 작은 테두리 안에서. 그러다 보니 방어의 기초를 성곽 광장에만 둔다는 것이 어떤 때는 위험해 보인다. 굴이 다채로운 만큼 나에게 주어진 가능성도 다채롭지 않은가, 저장물들을 조금씩 나누어 조그만 광장 몇 군데에 비치해 두는 편이 보다 신중한 판단인 듯싶다. 그리하여 나는 대략 매번 세 번째 광장을 예비 저장소로 삼거나 네 번째 광장을 늘 주요 저장소로, 두 번째 광장을 부저장소 혹은 그 비슷한 것으로 삼기로 정한다. 아니면

눈을 속일 목적으로 저장물을 쌓아서 길 몇 군데를 아예 차단
하든가 아주 비약을 해서 각기 중앙 출구에서의 위치에 따라
극소수의 광장만을 택한다. 아무렴 그런 새로운 계획은 번번
이 힘든 짐 운반 작업을 요하고, 나는 새로이 계산을 해 보고
나서 짐들을 이리로 저리로 나른다. 물론 나는 그 일을 지나치
게 서두르지 않고 조용히 할 수 있으며, 입에 좋은 것들을 물
고 나르다가 실컷 냄새 맡고 원하는 곳에서 그때그때 그것을
야금야금 먹는다. 그런 일이 그다지 나쁠 리 없다. 훨씬 나쁜
것은 더러 화들짝 놀라 잠에서 깨는 일이다. 지금의 분배가 아
주 여지없이 잘못되었고, 따라서 커다란 위험을 초래할 수 있
으니 졸리고 피곤한 데에 아랑곳하지 않고 즉시 서둘러 바로
잡아야만 한다는 생각이 드는 것이다. 그러면 나는 서두른다,
그러면 날듯이 돌아다닌다, 그러면 헤아려 볼 시간이 없다. 막
아주 치밀하고 새로운 계획을 실행하고자 하는 나는 입에 와
닿는 것을 닥치는 대로 물어서 끌고 나르며, 한숨을 쉬고 신음
하며 비틀거린다. 오로지 어떻게든 나에게 너무도 위험해 보
이는 지금의 상황을 바꿀 수 있다면, 그것으로 족하다. 그러다
가 마침내 서서히 제정신이 들고 그러면 내가 무엇 때문에 그
다지도 서둘렀나 싶고, 스스로 어지럽힌 내 집의 평화로운 공
기를 들이마시고, 나의 잠자리로 돌아가 금방 잠이 든다. 나중
에 깨어 보면 벌써 꿈속의 일같이 여겨지는 야간 작업의 부정
할 수 없는 증거로서, 내 이빨에 쥐 따위가 한 마리씩 매달려
있곤 한다. 그러다가 다시 양식을 모두 한자리에 모아 놓는 것
이 최선책으로 보이는 때가 있다. 작은 광장에 모아 둔 양식이
내게 무슨 도움이 되겠는가, 거기에 대관절 얼마만큼이나 보
관하겠으며 또한 무얼 갖다 놓더라도 그것은 길을 막을 뿐이

니, 언젠가 방어하며 달려갈 때 오히려 장애가 될지도 모른다. 그 밖에도 어리석기는 하지만 사실인 점은 모두 한데 모아 놓은 양식을 바라보고, 그럼으로써 자신이 소유한 바를 단번에 알 수 없으면, 그 때문에 자부심에 상처가 생긴다는 사실이다. 이렇게 많이 나누어 놓다 보면 잃어버리는 것도 많을 수 있지 않은가? 모든 것이 제대로 있는지 보려고 얽히고설킨 통로들을 줄곧 뛰어 돌아다닐 수는 없다. 기본적으로 양식을 나누어 놓는다는 생각이야 옳다. 그러나 나의 성곽 광장 같은 종류의 광장이 여럿 있어야 비로소 진정 그렇지 않겠는가! 물론이다! 그렇지만 누가 그걸 만들어 내겠는가? 또한 내 굴의 전체 설계도에 이제야 그런 광장 몇 개를 추가시킬 수는 없다. 무엇이든 간에 그 무언가를 다만 하나만 소지한다면 늘 결함이 생기기 마련이듯 그 점이 바로 내 굴의 결함이라고 시인하는 바다. 그리고 또한 고백하건대 굴을 파는 동안 줄곧 나의 의식 속에는 어렴풋하게, 그러나 만일 내가 제대로 보고자 하는 의지만 있었더라면 충분히 선명했을, 여러 개의 성곽 광장을 만들어야 한다는 요구가 있었다. 하지만 나는 거기에 따르지 않았다. 그 엄청난 작업을 해내기에는 나 자신이 너무도 약하다고 느꼈던 것이다. 그렇다, 작업의 필연성을 떠올려 보기에도 너무 약하다고 느꼈다. 어떻게 해서든, 역시 그만큼 어렴풋한 느낌으로 스스로를 위로했는데, 그것은 여느 경우라면 충분하지 못했을 터다. 그러나 나의 경우에는 단 한 번 예외적으로, 은총으로 인해 있음 직하게, 땅을 다지는 망치인 나의 이마를 보존하게 하는 하늘의 뜻을 각별히 소중하게 여김으로써 충분하리라는 것이었다. 그래서 내가 지금 성곽 광장을 하나만 가지고 있지만, 그 하나만으로는 내게 충분하지 못하리라는 어럼풋한 느낌이 여전히 가시지를 않는다. 어쨌든 간에 나는 성곽 광장 하나로 만족해야 하고, 작은 광장들로는 그것을 대체할 수 없다. 이러한 생각이 내 마음속에서 무르익으면 나는 다시 모든 것을 작은 광장들로부터 끌어내다가 성곽 광장으로 다시 옮겨다 놓는 것이다. 그래 놓고 나면 한동안은 모든 광장들과 통로들이 트여 있다는 것, 성곽 광장에 고기 더미가 쌓여 그 하나하나가 나름대로 나를 매혹하며 멀리서도 내가 정확하게 구분할 수 있는 많은, 한데 섞인 냄새를 제일 바깥 통로까지 보내는 것을 보고 있노라면 확실히 어느 정도 위로가 된다. 그러면 나는 나의 잠자리를 천천히 바깥쪽에서 안쪽으로 옮기고, 점점 깊이 냄새 속에 잠기다가 마침내 참을 수 없게 되어 어느 날 밤 성곽 광장으로 뛰어들어 가서 양식을 마구 헤집으며, 아주 무감각해질 때까지 내가 좋아하는 최상의 것으로 배를 채우는, 더없이 평화로운 시기를 보내곤 한다. 행복한, 그러나 위험한 시간이다. 그것을 남김없이 이용할 줄 아는 자라면 스스로는 위태롭게 하지 않고도 나를 쉽사리 없애 버릴 수도 있으리라. 이 점에서도 제2의, 혹은 제3의 광장이 없다는 것이 손해이니, 나 자신을 유혹한 것도 이 한꺼번에 쌓아 둔 커다란 더미다. 거기에 대해 다양하게 방어할 방도를 찾는다. 작은 광장들에 나누어 놓는 것도 그런 대책 중 하나이기는 하지만 유감스럽게도 다른 비슷한 대책들처럼 결핍 탓에 더욱더 큰 갈망에 이른다. 그다음 한꺼번에 자각이 밀어닥치면 그 목적에 맞춰 방비 계획들을 마구 바꾸어 버리는 갈망 말이다.

그런 시기가 지나고 나면, 나는 마음을 가다듬기 위해 굴을 수리하는 데 필요한 개수(改修)에 착수하고, 그런 다음엔 이따금씩, 비록 차츰 그 시간이 짧아지기는 했지만, 굴을 떠나

곤 한다. 굴을 오래 떠나 있으면 그 자체로 내겐 너무 가혹한 벌처럼 보이지만, 이따금씩 바람을 쐴 필요성을 나는 통찰한다. 출구에 가까이 가면 늘 얼마큼은 엄숙해진다. 나는 집 안에서 지내는 시기에는 출구를 멀리하고, 심지어 출구로 이어지는 통로 그 끝부분에 가서는 발 디디기조차 기피한다. 그쯤에서는 돌아다니는 것이 전혀 쉽지 않기도 하다. 거기에다 작고 온전한 지그재그 통로를 설치해 놓았기 때문이다.

거기서 나의 공사가 시작되었는데 그때만 해도 내 계획대로 공사를 끝마칠 수 있으리라는 희망을 가질 수가 없어서, 나는 반쯤 장난삼아 이 작은 모퉁이에서 일을 시작해 봤는데 거기서 정신없이 첫 일의 기쁨에 사로잡혔다. 그렇게 그것은 미로 구조를 이루어 내었고 그것이 당시에는 모든 건축물의 꽃으로 비쳤으나 오늘날 나는 그것을 전체 구조에 제대로 어우러지지 못하는 너무 작은 집짓기 놀음이라 여길 따름이다, 그리고 그 편이 다분히 더 맞는 말일 게다. 이론적으로는 어쩌면 귀한 것이겠으나 — 여기에 내 집의 입구가 있노라고, 나는 당시에 보이지 않는 적에게 비꼬아 말했다. 그때 벌써 그들이 모조리 입구의 미로에서 질식하는 모습이 보이는 듯했다. — 실제로 벽은 얇아도 너무 얇은 손장난에 불과하여 진지한 공격이나 목숨을 걸고 절망적으로 덤비는 적에게는 거의 버텨 낼 수 없는 집짓기 놀음의 산물인 것이다. 그러니 이 부분을 개축할 것인가? 결단을 내내 망설이고만 있으니 아마도 지금 그대로 있을 터다. 그러자면 무지막지한 작업량을 도외시하더라도 그것은 생각해 낼 수 있는 가장 위험한 작업이리라. 건축을 시작하던 당시만 해도 나는 거기서 비교적 안정된 작업을 할 수 있었고 다른 여느 곳에 비해 위험 부담 역시 별로 없었다. 그러나 이제 공사를 벌인다면 굴 전체에다 일부러 세상의 이목을 집중시키는 것이나 다름없으니, 이제는 불가능하다. 한편으로는 이 첫 작품에 대해 확실히 예리한 비판 감각을 지니게 됐다는 점이 기쁘기는 하다. 하기야 대공격이라도 가해진다면 어떤 입구 설계도라도 나를 구할 수 있으랴. 입구가 속이고 관심을 돌리고 공격자를 괴롭힐 수는 있겠지만, 그것은 공격자 역시 급하면 다 반격할 수 있는 것이다. 그리고 정말 큰 공격이라면 나는 즉시 굴 전체의 모든 수단과 심신의 모든 힘을 기울여 맞설 방도를 찾아야 한다. 그것은 실로 자명하다. 그러니 이 입구 역시 그대로 두어도 괜찮으리라. 굴은 어차피 자연이 가해 놓은 약점을 숱하게 지니고 있으니 내 손이 만들어 놓은, 뒤늦게야, 그러나 정확하게 인지된 이 결함 또한 함께 지니고 있어도 괜찮을 터다. 이 모든 것은 물론 이런 결함이 이따금씩 혹은 어쩌면 항상 나를 불안하게 하지 않았다는 말은 아니다. 여느 때의 산책에서 내가 굴의 이러한 부분을 멀리한다면 그것을 보는 일이 대체로 나에게 유쾌하지 못하기 때문이고, 굴의 결함이 이미 나의 의식 속에서 너무도 심하게 소란을 부리는바, 늘 눈으로까지 보고 싶지는 않기 때문이다. 저기 저 위 입구에, 아무리 실책이 제거할 수 없을 만큼 도사리고 있더라도 그것을 피할 길이 있는 한 나는 그것을 보지 않아도 좋으리라. 출구 방향으로 가기만 하면, 아직 통로와 광장이라 그곳과 떨어져 있는데도 나는 이미 커다란 위험에 빠져 버린다. 더러 나는 내 가죽이 얇아져 내가 곧 가죽도 없이 벌거벗은 맨살로 거기 서 있는 그 순간, 마치 반갑다는 듯 포효하는 나의 적을 맞닥뜨릴 것만 같다. 확실히 그러한 느낌은 출구, 즉 집의 보호가 끝났다는 것 자체가 이미 야기하는 바이지만, 그래도 나를 특별히 괴롭히는 것은 역시 이 굴의 입구다. 종종 나는 내가 굴 입구를 딴판으로 바꾸어 재빨리 어마어마한 힘으로 하룻밤에 아무도 모르게 고쳐 짓고 이제 불가침의 영역이 되는 꿈을 꾼다. 그런 꿈을 꾸게 하는 잠이 나에겐 가장 단잠이어서, 깨어 보면 기쁨과 구원의 눈물이 흘러 여태까지 나의 수염에 맺혀 반짝인다.

그러니까 외출을 하면 이 미로의 고통을 내가 육체적으로도 극복하는 셈인데, 이따금 나 자신이 만들어 낸 구조물 가운데서 스스로 잠깐 동안씩 길을 잃어버리면, 가령 이 작품이 이미 오래전에 판단을 굳힌 나에게 아직도 그 존재의 정당성을 증명하려고 애쓰는 듯이 보일 때면, 그것이 내게는 분하면서도 감동적이다. 그러나 그러고 나서는 자주 내쳐 그대로 두는 이끼 덮개 아래에서 — 그렇게 오래도록 나는 집 안에 틀어박혀 꼼짝 않는다. — 나는 나머지 숲의 대지와 한 덩이가 되어 이제는 몸을 한 번만 꿈틀하면 단박에 다른 곳에 가 있다. 이 작은 움직임조차 나는 오랫동안 엄두를 내지 못한다. 오늘 내가 그걸 버려두고 떠나도 분명 다시 돌아올 텐데, 그러면 다시는 입구의 미로를 극복하지 못할까 싶어서다. 다시는 입구의 미로를 극복하지 못하게 되는 건 아닐까. 오늘 거길 떠났다가 꼭 다시 되돌아오겠는가, 어떻게? 너의 집은 보호받고, 차단되어 있다. 너는 평화롭게, 따뜻하게, 잘 먹으며 살고 있다. 주인으로, 많은 통로와 광장의 둘도 없는 주인으로, 그러니 아마도 이 모든 것을 다 희생하고 싶지는 않겠지만 어느 정도는 내줄 수 있다는 보장이야 있지만 많은 돈을 건, 너무도 많은 돈을 건 도박을 시작하려 하는가? 그럴 만한 합당한 근거라도 있는가? 아니다, 그런 일에 합당한 근거

란 있을 수 없다. 그러나 그런 다음에도 나는 조심스럽게 벼락
닫이 문을 올려 열고 밖으로 나와서 그 문을 조심스럽게 내려
닫고는 내달린다, 한껏 빨리, 배반적인 장소를 떠나.

그러나 내가 진정으로 아주 바깥에 나와 있는 건 아니다,
비록 통로들 탓에 더 이상 마음이 짓눌리지 않고 탁 트인 숲에
서 사냥하며 굴에서는, 성곽 광장에서조차, 그것이 설령 열 배
나 더 컸더라도 거의 들어설 자리가 없었던 새로운 힘을 몸 안
에서 느끼면서도. 또한 밖에서는 먹는 게 한결 나았다, 사냥이
비록 어렵고, 성과는 더 드물었으나 결과는 어느 점으로 보나
더 높게 평가될 수 있었다. 나는 그 모든 것을 부인하지 않으
며 그것을 지각하고 향유할 줄도 안다, 적어도 다른 사람들만
큼은, 아니 다분히 더 잘, 왜냐하면 나는 떠돌이들처럼 경박함
이나 절망에서가 아니라 지극히 조직적으로 평온하게 사냥을
하기 때문이다. 또한 나는 매인 데 없는 삶을 누리도록 결정
되어 거기에 내맡겨진 존재가 아니다. 나의 시간은 측정돼 있
으며, 따라서 난 끝없이 사냥해야 하는 운명이 아니다. 이를테
면 누군가가 나를, 내가 원하거나 내가 이곳의 삶에 지쳤을 때
나를 자기한테로 부를 것이고, 그는 또한 내가 그 초대를 거역
할 수 없으리라는 점을 알고 있다. 그러니 나는 이곳에서의 이
시간을 남김없이 다 맛보고 근심 없이 보낼 수 있다, 아니 보
다 정확하게 말하자면, 그럴 수도 있는데 나는 그럴 수가 없
다. 굴이 나를 너무도 바쁘게 한다. 나는 재빨리 입구를 떠나
지만 곧 되돌아온다. 좋은 매복지를 찾아 내 집의 입구를 엿본
다. ― 이번에는 밖에서 ― 몇 날이고 몇 밤이고. 어리석다 해
도 좋다, 그게 나에게 이루 말할 수 없는 기쁨을 주고 나를 안
심시킨다. 그럴 때면 내가 나의 집 앞에서 서 있는 것이 아니

라 나 자신 앞에 서 있는 것만 같다. 잠을 자는 동안에도 깊이 잠자면서 동시에 나 자신을 날카롭게 지켜볼 수 있는 행운을 가져 봤으면 싶다. 내겐 어느 정도 뛰어난 셈이 있으니 빔 기신들을, 잠의 무력함과 믿기 좋아하는 속성에 사로잡혀서만이 아니라 동시에 정말로 말짱한 정신에 평온한 판단력으로도 만날 수 있다는 것이다. 그런데 이상하게도 내가 자주 믿었던 것처럼, 또 나의 집으로 내려가면 결국 다시 믿게 될 것처럼, 난 나의 상태가 나쁘지 않다고 여기게 된다. 이 점에서, 아마 다른 점에서도 그렇겠으나 특히 이 점에서 바람을 쐬는 일은 진정 불가결하다. 확실히, 그렇게도 조심스럽게 내가 외진 데에다 입구를 정했는데도 ─ 거기서 이루어지는 왕래는, 일주일 동안의 관찰을 요약해 보건대 아주 잦았다. 그러나 어쩌면 살 수 있는 곳이라면 어디나 그만큼의 왕래는 있을 테고 심지어 왕래가 좀 잦은 곳에 노출되는 편이, 왕래가 잦다 보면 그냥 냅다 지나다니게 되는 만큼, 아주 한적하게, 천천히 수색하는 최고의 첫 침입자에게 내맡겨지는 것보다 아마 한결 나으리라. 이곳에는 적이 많고 적의 동류들은 더욱 많지만 그들 또한 서로 싸우기도 하는데, 가끔 정신이 팔려 굴 앞을 지나쳐 달려가 버린다. 내가 굴 입구를 엿보던 시간 내내 그 누구도 그곳을 찾는 이는 보이지 않았으니, 그건 그에게도 나에게도 다행스러운 일이다. 누군가가 보였더라면 나는 굴에 대한 근심으로 정신을 잃어 분명 그의 목덜미를 노리고 덤벼들었을 테니까. 물론 내가 멀리 있는 그들의 낌새만 알아차려도 그 근처에는 감히 머무르지 못하고 도망쳐야 하는 족속도 온다, 그들의 굴에 대한 태도는 사실 나로서는 확실하게 발언을 할 처지가 못 되나 곧 되돌아와서 보면 그들 중 누구도 보이지 않으며, 입구를 손상시키지 않은 것으로 보아 안심하기에 충분한 듯싶다. 나에 대한 세상의 적의가 어쩌면 그쳤거나 진정되었다고, 혹은 굴의 위력이 나를 지금까지 이뤄진 말살의 투쟁으로부터 나를 건져 올려 주었다고 나 스스로에게 거의 말할 뻔、했던 행복한 시기들도 있었다. 굴은 어쩌면 나를, 내가 일찍이 생각했던 것 혹은 굴 내부에서 감히 생각하던 것 이상으로 나를 지켜 주는 것 같다. 이따금씩 결코 다시 굴로 돌아가지 않고, 여기 입구 근처에 살림을 차려 그곳을 관찰하면서 일생을 보내면 어떨지 생각해 본다. 급기야 굴이 그 안에 있는 나를 얼마나 확고하게 지켜 줄 수 있을지 줄곧 눈앞에서 보고, 그 가운데서 나의 행복을 찾으려는 유치한 상상에 사로잡히는 지경에까지 이르렀다. 그런데 유치한 꿈에서 얼른 깨어나게 하는 것이 있다. 내가 여기서 관찰하는 안전이라는 것은 대체 무슨 안전인가? 내가 굴 속에서 처하는 위험을 여기 바깥에서 하는 체험에 따라 판단해도 좋단 말인가? 내가 굴 안에 없다면 나의 적들은 냄새를 제대로 맡을 것 아닌가? 굴 안에 있어도 나의 냄새가 확실히, 약간은 나겠지만 완전히 맡지는 못한다. 그런데 냄새부터 남김없이 다 맡아야 그게 통상적으로 위험의 전제가 되는 법 아닌가? 그러니 내가 밖에서 하는 시도의 절반이나 10분의 1이면 족하다, 안심하기에, 그리고 나아가 그릇된 안심 때문에 극도의 위험에 직면하기에, 아니다, 내가 믿었듯이 내가 나의 잠을 관찰한다기보다는 오히려 난 파괴자가 지키는 동안 잠을 자고 있는 것이다. 어쩌면 파괴자는, 무심히 입구에서 어슬렁거리며 다만 나와 다름없이 문이 아직 성하다는 사실을 늘 확인만 할 뿐 공격을 기다리리라. 집주인이 그 안에 있지 않다는 것을 알기에, 혹은 어쩌면 심지어 집주인이 그 곁의 덤불 속에 순진하게 매복하고 있다는 사실까지도 알기에 지나쳐 가기만 하는 자들 가운데 있을 터다. 그래서 나는 나의 정찰 장소를 떠났고, 바깥 생활이 시시해졌다. 여기서는 더 배울 게 없는 것 같다, 지금도 앞으로도. 여기 있는 모든 것과 작별하고 굴 안으로 내려가 다시는 돌아오지 말고 세상만사가 굴러가는 대로 두며 쓸데없는 관찰로 붙잡아 두고 싶지 않다. 그런데 입구 너머에서 일어나는 모든 것을 그렇게 오래 바라보고 있다 보니 그만 버릇이 없어져, 그 자체가 바로 이목을 끌, 내려간다는 절차를 집행하면서, 내 등 뒤, 그 다음에는 다시 닫힌 벼락닫이 문 뒤의 온 사방에서 무슨 일이 일어날지 알 수 없다는 점이 이제 내게는 몹시 고통스럽다. 우선 폭풍이 부는 밤이면 노획품들을 잽싸게 집어던져 넣어 본다. 성공한 것 같지만 정말 성공했는지는 내가 직접 내려가 본 다음에야 알 수 있을 터다. 알려져도 더 이상 나에게는 알려지지 않을 것이며, 나에게까지 알려진다 해도 너무 늦으리라. 따라서 나는 그걸 그만두고 내려가지 않는다. 나는 판다. 물론 진짜 입구로부터는 넉넉히 떨어진 데에다 시험 굴을 하나 파 본다, 내 몸 길이보다 길지 않고 그 역시 이끼로 덮여 있다. 나는 구덩이에 기어 들어가 등 뒤로 그것을 덮고 조심스럽게 기다리며 길고 짧은 시간들을 하루 동안의 시간으로 나누어 헤아린다. 그러고 나서는 이끼를 털어 버리고 나와 나의 관찰을 기록한다.

나는 좋고 나쁜 온갖 체험을 하지만, 내려가는 일의 보편적인 법칙이나 확실한 방법은 찾지 못한다. 그럼으로써 나는 아직 진짜 입구로 내려가지 못한 채, 곧 그렇게 해야 한다는 절망감에 사로잡힌다. 자칫하면 아주 먼 곳으로 가 옛날의 암

담한 생활을 다시 하리라는 결심을 할 것 같다. 안전이라고는 없고 오로지 어딜 가나 차이 없이 위험으로만 가득 찬 생활, 그러나 단 하나의 위험을, 나의 안전한 굴과 여타의 생활을 비교해 보는 일이 끊임없이 가르치듯이, 그렇게 정확하게 보면서 두려워하지 않아도 되는 생활. 분명 그러한 결심은 무의미한 자유 속에서 너무도 오래 살다 보니 생긴 어처구니없는 바보짓이리라, 아직 굴은 나의 것이고 한 걸음만 떼면 나는 안전한 것을. 그러면 나는 온갖 의심을 떨치고 백주에 곧장 문을 향해 내달린다, 이번에야말로 틀림없이 들어 올리기 위하여. 그러나 나는 그러지를 못하고 그걸 지나쳐 달려가서는 일부러 가시덤불 속에 나를 처박는다, 나를 벌하기 위하여, 내가 모르는 죄과를 벌하기 위하여. 그러고 나면 아무튼 나는 최종적으로 말하지 않을 수 없다, 그래도 내가 옳다고. 내가 가진 가장 값진 것을 온 사방, 땅바닥, 나무 위, 공중의 모든 자들에게 적어도 잠시라도 활짝, 송두리째 내맡기지 않고는 내려가는 일이 정말이지 불가능하다고. 그리고 위험은 상상한 것이 아니라 매우 현실적인 것이다. 나를 따라오게끔 자극할 대상은 정말이지 틀림없이 진정한 적은 아닐 것이다. 다분히 그어떤 그 누구라도 좋을 세상 물정 모르는 조그만 자, 호기심에서 나를 따라오다가 저도 모르게 나와 적대적인 세상의 안내자가 되고 마는, 그 어떤 밉살스러운 자그마한 생물일지도 모른다, 그것도 아님에 틀림없다, 어쩌면 그것은, 그것 역시 다른 것 못지않게 고약하다. 아니, 몇 가지 점에서 가장 고약한 것일 텐데 ─ 어쩌면 그것은 나와 같은 종류의 어떤 자로, 건축물에 일가견이 있고 그것을 평가하는 자, 그 어떤 숲의 은자(隱者), 평화 애호가, 그러나 자신은 집을 짓지 않으면서 그곳에 살고자 하는 난폭한 건달일 터다. 만일 그런 자가 지금 오기라도 한다면, 그자가 그의 더러운 욕망으로 입구를 발견하기라도 한다면, 이끼를 들어 올리는 작업을 시작하기라도 한다면, 그자가 그것을 이루기라도 한다면, 나 대신 밀고 들어가기라도 한다면, 벌써 나한테 그의 엉덩짝이 잠깐 보이고 말 정도로 썩 들어가 있기라도 한다면, 이 모든 일이 벌어져 버려서 드디어 내가 그자의 뒤를, 온갖 망설임을 떨치고 미친 듯이 쫓아가 그자에게 덤벼들어 물어뜯고 짓찧어 갈기갈기 뜯어 발겨 남김없이 빨아 마시고 찌꺼기는 다른 사냥물에다 냅다 처박아 버릴 사태가 벌어지기라도 한다면, 그러나 무엇보다, 이것이 중요한 문제일 텐데, 드디어 내가 다시 나의 굴 속으로 들어가, 이번에는 기꺼이 미로에 찬탄을 보내려 한다면, 우선은 머리 위로 이끼를 끌어당겨 쉬려고 한다면, 생각건대 내 삶의 남아 있는 나머지를 송두리째, 그러나 아무도 오지 않았고 내가 믿는 것이라고는 나뿐이다. 줄곧 이 일의 어려움에만 몰두하다 보니 나는 두려움을 많이 극복했다. 외면적으로도 입구를 더 이상 기피하지 않게 되어, 그 주위를 빙 둘러 돌아다니는 일을 취미로서 가장 즐기게 됐다. 어느덧 마치 내가 적이라도 된 듯, 성공적으로 침입할 적절한 기회를 엿보고 있는 것 같은 형국이다. 만약 내가 신뢰하여 나의 관찰 임무를 맡길 수 있는 그 누군가가 있다면, 나는 안심하고 내려갈 수 있으리라. 그러면 나는 내려갈 때, 주변 상황을 오랫동안 뒤에서 자세히 지켜봐 주고, 위험한 조짐이 보일 때는 이끼 덮개를 두드려 주고, 그러나 그 밖에는 아무것도 하지 말아 달라고 그 믿음직한 존재와 합의할 텐데. 그럼으로써 내 머리 위의 모든 문제가 깨끗이 처리되리라, 아무것도 남아 있는 게 없기를, 기껏해야 내가 믿는 그자밖에는. 그런데 그가 어떤 대가를 요구하지 않더라도, 최소한 굴을 구경하고자 하지 않겠는가? 이것이, 누군가를 멋대로 내 굴에 들여놓아야 한다는 사실이 이미 나에게는 더없이 거북하리라. 나는 나 자신을 위해 굴을 팠지 방문자를 위하여 판 것이 아니다. 따라서 그를 들어오게 할 수는 없을 터다. 그가 나를 굴로 안전하게 내려가게 해 준 대가로도 나는 그를 들여보낼 수 없다. 아니, 나는 그를 결코 들여보낼 수 없을 것이다. 그러자면 내가 그를 혼자 들여보내든가 우리가 같이 내려가야 하는데, 그를 혼자 들여보내는 것은 상상조차 할 수 없는 일이고, 같이 내려간다면 그가 나에게 가져다주어야 할 바로 그 이점, 내 뒤에서 망을 봐 준다는 이점은 사라지고 말 테니까. 그리고 신뢰는 어떤가? 눈과 눈을 마주 보고 믿는 사람을 보지 않고도, 이끼 덮개가 우리를 갈라놓는데도 내가 믿을 수 있을까? 어떤 사람을 함께 감시하거나 적어도 감시할 수 있을 때 누구를 신뢰하기란 제법 쉬우며, 어쩌면 누군가를 멀리서 신뢰하는 것까지도 가능하겠지만, 굴 안에서, 그러니까 하나의 다른 세상으로부터 바깥에 있는 그 누군가를 완전히 신뢰하는 것, 그건 내 생각으로는 불가능하다. 그러나 그러한 의심까지는 당최 필요하지도 않다. 내가 내려가는 도중에나 내려간 후에 인생의 무수한 우연들이 그 믿음직한 사람의 의무 이행을 가로막을 수 있다는 사실과 그가 눈곱만큼이라도 제지를 받는 날에 그것이 나에게 얼마나 예상할 수 없는 결과를 가져올지를 생각해 보는 것만으로도 족하다. 모든 것을 종합해 보면 나는 혼자이지만 믿을 수 있는 사람이 아무도 없다고 한탄할 일은 전혀 아니다. 분명 그럴 사람이 없다고 이점을 잃는 것이 아니라, 다분히 손실을 면하는 것이다.

믿을 수 있는 것은 나 자신과 굴뿐이다. 그 점을 내가 일찍이 예상하고, 지금 나를 이토록 골몰하게 하는 경우에 대비한 조처를 취해 두어야 했을 것을. 굴을 파기 시작했을 때만 해도, 적어도 부분적으로는 가능했을 텐데. 첫 번째 통로는 적절한 간격을 두고 두 개의 입구를 만들었어야 했다. 왜냐하면 내가 온갖 불가피한 번거로움을 마다하지 않고 한 입구를 지나 내려가서 재빨리 두 번째 입구까지 첫 번째 통로를 달려, 목적에 맞게 설비되어 있어야 할 그곳의 이끼 덮개를 약간 쳐들고 거기서부터 며칠간 상황을 살펴보게끔 말이다. 그렇게 혼자 있으면 만사가 잘될지도 모르지 않은가. 입구가 둘이니 위험이 배가 되는 것도 사실이긴 하지만 그런 의심은 여기선 접어 두어야겠다. 정찰 장소로만 생각한 입구는 아주 좁아도 될 터이므로. 그럼으로써 나는 기술적인 부분에 골몰하여 또다시 하나의 완벽한 건축을 꿈꾸기 시작한다. 그것이 나를 다소 안심시키기에, 두 눈을 감고 무아경에 빠져 있노라면 남의 눈에 띄지 않게 살짝 드나들 수 있는 건축의 가능성이 분명하게 보이기도 하고, 덜 분명하게 보이기도 한다.

이렇게 여기에 누워 그런 생각을 하노라면 나는 이 가능성을 매우 높이 평가하게 된다, 다만 기술적인 성과로서일 뿐 현실적인 장점으로서는 아니다. 그렇다면 이 방해받지 않는 은밀한 드나듦, 이게 대체 뭐라는 말인가? 그것은 불안한 의식, 불확실한 자기 평가, 깨끗하지 못한 욕망, 즉 그럼에도 불구하고 엄연히 여기에 있어 마음을 열기만 하면 평화를 불어넣어 줄 수 있는 굴을 대면하여, 더욱더 나빠지는 나쁜 품성의 표시다. 그런데 나는 지금 물론 그 굴 밖에 있으며 돌아갈 가능성을 찾고 있다, 그러자면 필요한 기술적 설비가 매우 필요한 상황이다. 그러나 어쩌면 그렇게까지 심하지는 않을지도 모른다. 굴을, 될 수 있는 대로 안전하게 기어 들어가고자 하는 구덩이로만 본다면, 그건 순간의 과민한 불안에 사로잡혀 굴을 심하게 과소평가하는 것 아닌가? 분명히 굴은 이런 안전한 구덩이이기도 하고, 아니라면 마땅히 그래야 할 터다. 따라서 내가 바로 위험에 빠져 있다고 상상을 할라치면 나는 이를 꽉 깨물고 온갖 결의를 다 짜내어, 다름 아니라 굴이 바로 나의 생명을 구하도록 결정되어 있는 구멍이며, 이 명백하게 주어진 소임을 최대한 완전하게 다해 주기를 바랄 뿐 아니라 다른 모든 소임을 면제해 줄 용의마저 있다고 생각한다. 그런데 실제로는 굴이 — 어려움이 크다 보면 현실에는 눈길이 가지 않기 마련이나 위협받을 때에도 오히려 이런 현실을 보는 시선을 가져야 한다. — 상당한 안전을 제공하기는 하나 철두철미하고 충분하지는 않으니, 그 속에 있다고 근심이 다 털어지기야 하겠는가? 그것은 또 다른, 보다 자부심에 차고 보다 내용이 풍부한, 자주 내면으로 한껏 자리를 잡는 근심이지만 사람을 소모시키는 그것의 효과는, 아마도 바깥 생활에서 얻게 되는 근심의 효과와 같을 것이다. 만일 내가 오로지 생명의 안전을 위해 건축을 행했더라면, 내가 기만당한 것은 아닐 테지만, 엄청난 작업과 실제의 안전 사이에 생기는 비례 관계는, 적어도 내가 느낄 수 있는 한에서는, 거기서 이득을 볼 수 있는 한에서는, 나에게 유리하지 않다. 그 점을 시인하기는 몹시 고통스러우나 그렇게 해야 한다, 바로 저기 저 입구, 건축자이자 주인인 나와 맞서 스스로를 폐쇄하며, 그야말로 경련을 일으키는 저 입구를 직면하면 말이다. 그리고 굴은 구명(救命)의 구멍만은 아니다. 높이 쌓인 육류 저장품에 둘러싸여 여기서부터 시작되는, 각각 전체 장소에 특별히 맞춰 꺼졌거나 솟은, 뻗어 있거나 굽은, 넓어지거나 좁아지며 모두 한결같이 고요하고 텅 빈, 각기 그 나름대로 나를, 많은 샛길들로, 그 역시도 고요하고 텅 빈 광장들로 인도하는 열 개의 통로다. 그곳으로 얼굴을 향한 채 성곽 광장에 서 있노라면 ── 안전에 대한 생각은 까마득해지고, 그럴 때 내가 정확하게 아는 바는, 이곳이 내가 긁고 깨물고, 다지고 부딪쳐 완강한 바닥으로부터 얻어 낸 나의 성곽, 그 어떤 방식으로도 다른 누구의 것일 수 없고, 종국에는 여기서 내가 나의 적으로부터 치명상을 입고, 나의 피가 여기 나의 땅바닥에 떨어지고 없어지지도 않을 테니, 침착하게 받아들일 수 있을 정도로 나의 것, 즉 나의 성곽이라는 점이다. 그리고 한 치도 어긋남 없이 나를 위해 계산돼 있는 통로들, 가령 편안하게 몸을 쭉 뻗기, 어린애처럼 뒹굴기, 꿈에 잠겨 누워 있기, 축복받은 영면을 위해 마련된 이 통로들에서 절반은 평화롭게 잠자며, 절반은 즐겁게 깨어나며 내가 보내곤 하는 아름다운 시간들의 의미가 이것이 아니고 달리 무엇이겠는가. 그리고 작은 광장들, 그 하나하나를 내가 훤히 알 뿐 아니라 모두가 아주 똑같은데도 내가 두 눈을 감고도 벽의 돌기만으로 똑똑하게 구별할 수 있는 곳들, 그것들이 평화롭고 따뜻하게 나를 감싼다, 그 어느 둥지가 새를 감싸는 것보다 더. 그리고 사방이, 온 사방이 고요하고 텅 비어 있다.

그러나 사정이 그러하다면 왜 나는 망설이고 있을까, 어째서 나는 나의 굴을 다시는 못 보게 될 가능성 이상으로 침입자를 두려워하는 걸까. 그런데 나의 굴을 다시 못 본다는 것은 다행히도 있을 수 없는 일이니, 심사숙고를 통해 비로소 굴이 나에게 어떤 의미를 지니는지를 분명히 할 필요는 전혀 없으리라. 나와 굴은, 내가 아무리 불안하더라도 고요하고 고요하게 나는 여기에 정주할 수 있으며, 극기를 통해 온갖 의심을 무릅쓰고 입구를 열어 보려고 할 필요가 없을 정도로 나와 굴은 하나가 되어 있다. 그러하니 가만히 기다리는 것만으로 충분하리라, 아무것도 우리를 영원히 갈라놓지는 못할 테고 어떻게든 내가 결국엔 기필코 내려가고 말 테니까. 물론 그렇지만, 그때까지 얼마큼 시간이 흐를 것이며, 그동안에 얼마나 많은 일이 일어날까, 여기 위에서나 저기 아래에서나? 그러니 이 시간의 크기를 줄여 필수 불가결한 일을 즉시 하느냐 마느냐는 오로지 나 자신에게 달려 있는 것이다.

그리하여 이제, 피로 탓에 어느덧 생각 따위는 할 수 없게 되어, 고개를 떨군 채 불안한 두 다리로 절반쯤 잠자며 걷는다. 아니, 거의 더듬으면서 입구로 다가가 천천히 이끼를 들어 올린다, 천천히 내려간다, 방심해서 입구를 필요 이상으로 오래 덮지 않은 채로 둔다, 그리고 나서는 빠뜨린 것이 생각나서 그것을 챙기러 다시 올라간다, 그러나 뭣하러 올라가겠는가? 이끼 덮개만 닫으면 되는 것을. 좋다, 그래서 나는 다시 내려가 이제 드디어 이끼 덮개를 닫는다. 다만 이러한 상태로, 오로지 이러한 상태로 나는 이 일을 해낼 수 있는 것이다. 그렇게 하고 나서는 이끼 아래 들여다 놓은 포획물 더미 위에 피와 육즙으로 흥건히 젖은 채로 누워 있다, 열망하던 잠을 비로서 자기 시작할 수도 있으리라. 아무도 나를 방해하지 않고, 아무도 나를 쫓아오지 않는다. 이끼 위는, 적어도 지금까지는, 조용해 보인다. 설령 조용하지 않더라도, 이제는 내가 더 이상 관찰을 감당해 낼 수 없으리라고 생각한다, 나는 장소를 바꾼 것이다. 나는 상부 세계를 떠나서 나의 굴 안으로 왔으며, 굴의 영향력을 금방 느낀다. 이곳은 새로운 힘을 주는 새로운 세계이니, 위에서는 피로감이었으나 여기서는 피로감으로 여겨지지 않는다. 나는 여행에서 돌아온 것이다, 힘을 고 쥐어짜 킨 듯 피곤하지만 옛집을 다시 본다는 것, 나를 기다리는 정돈 작업, 당장 모든 방들을 겉핥기로라도 살펴볼 필요성, 그러나 무엇보다도 한껏 서둘러 성곽 광장으로 달려갈 필요성, 그 모든 것이 나의 피로를 소란과 열성으로 변화시키니, 마치 내가 굴에 발을 들여놓는 순간에 깊고 기나긴 잠을 자고 난 것만 같다. 첫 작업은 몹시 힘들었기에, 있는 힘을 다 들여야 했다. 포획물들을 미로의 비좁고 벽이 얇은 통로들을 거쳐 가져와야 했던 것이다. 있는 힘을 다해 앞으로 밀어붙였다, 그러나 너무도 천천히, 한편 그것을 촉진하기 위해 나는 고깃덩어리 일부를 찢어 남겨 두고 그 조각들을 타 넘고, 헤쳐 가며 밀고 나아간다. 이제 나의 앞에는 한 토막만 있고, 그것을 앞으로 나르기는 한결 쉽다. 그러나 그런 식으로, 나는 나 혼자 있어도 지나다니기가 늘 쉽지 않았던 여기 비좁은 통로들 안에, 가득 들어찬 고기 한가운데 있게 된다. 나 자신의 양식 속에서 질식해 죽기 십상일 지경까지 되어, 이따금씩 나는 어느덧 다만 먹고 마심으로써 무진장 밀려드는 먹을거리부터 나를 지킬 수 있다. 그러나 운반은 이루어진다, 지나치게 길지 않은 동안에 운반을 끝낸다. 미로는 극복되었고, 한숨을 내쉬며 나는 제대로 된 통로에 선다. 그리고 포획물을 연결 통로로, 이러한 경우에 대비해 특별히 마련해 둔, 성곽 광장에 맞닿은 경사가 심한 중앙 통로로 몰아간다. 그렇게 해 놓으면 이제 일도 아니다, 모조리 거의 저절로 구르고 흘러내려 가는 것이다. 드디어 나의 성곽 광장이다! 드디어 나는 쉬어도 좋으리라. 모든 것이 변함없다, 큰 사고가 일어난 것 같지는 않다. 첫눈에 알 수 있는 작은 피해들이야 곧 수선될 것이고 우선은 먼저 통로들을 오래 거닐어 본다. 그런데 그건 힘든 일이 아니다, 친구들과 나누는 한가한 얘기 같은 것이다, 내가 옛 시절에 했던 것 같은, 아니면 ― 나는 아직 그렇게까지는 늙지 않았으나 많은 것에 대한 기억이 아주 흐려졌다. ― 내가 그랬던 것처럼 혹은 그러했다고 들은 것처럼. 두 번째 통로부터는 일부러 천천히 간다, 성곽 광장을 보고 난 다음에는 무한정 시간을 가질 수 있다. ― 굴 안에서는 늘 나에겐 시간이 끝없이 있다. ― 내가 거기서 행하는 모든 것이 훌륭하고 중요하며 어느 정도 나를 만족시키기 때문이다. 두 번째 통로에서 시작해 한중간에서 검사를 중단하고는 세 번째 통로로 넘어가는데, 거기서부터는 발길 닿는 대로 성곽 광장으로 되돌아와 버린다. 아무튼 이제 다시 두 번째 통로를 새로이 시작해야 하고, 그런 식으로 작업을 가지고 유희함으로써 작업량을 늘리고 혼자서 웃고, 기뻐하고, 많은 작업 탓에 뒤죽박죽되고 말지만 일을 그만두지는 않는다. 너희들 때문에, 너희 통로며 광장들이여, 그리고 무엇보다 성곽 광장, 너의 물음들이여, 너희로써 나는 세상에 태어났으며, 그 무엇을 위해서도 나의 목숨을 대수로이 여기지 않겠다. 내가 오랫동안 그것 때문에 떨며 너희에게로 돌아오는 일을 망설이는 어리석은 짓을 저지른 후로, 내가 너희 곁에 있는 지금 위험이 무슨 대수이겠는가. 너희가 내 것이고 내가 너희의 것으로서 우리는 결합되어 있는데 우리에게 무슨 일이 일어날 수 있겠는가. 위에서 어떤 떼거리가 몰려와 주둥아리들로 이끼를 뚫고 들어올 채비를 할 테면 하라지. 굴까지도 침묵과 적막으로 나를 환영해 주며 내가 하는 말을 뒷받침

한다. 그런데도 내게는 슬금슬금 태만함이 생겨나고, 내가 좋아하는 곳 중의 하나인 어떤 광장에서 약간 몸을 오그리고 만다. 아직도 다 둘러보자면 멀었지만 앞으로도 계속 끝까지 살펴볼 참이지 않은가, 내가 여기서 잠을 자려는 것이 아니고, 다만 잠이라도 자려는 듯하게 준비를 하려는 유혹에 따른 것뿐이다, 여기서도 그전처럼 잘 잘 수 있을지 어떨지 확인해 보려는 것이다. 자는 건 된다, 그러나 몸을 빼서는 안 된다, 여기서 나는 오래 깊은 잠에 빠진다.

퍽 오래 잤나 보다. 끝까지 다 자고 저절로 떨어져 나가는 잠에서 비로소 나는 깨어났는데, 그때만 해도 벌써 몹시 얕은 잠을 잤던 게 틀림없다. 사실상 거의 들리지 않을 사각사각 소리에 내가 깨어났으니 말이다. 나는 즉시 알아차렸다, 내가 너무도 감시를 소홀히 하고, 너무도 그대로 방치해 둔 작은 동물이 내가 없는 사이에 어딘가에다 새 길을 뚫었는데, 이제 그 길이 오래된 길 하나와 만나 막혔던 공기를 흐르게 함으로써 생겨난 사각사각 소리였다. 이 무슨 그치지 않고 일하는 족속인가, 그것의 부지런함이란 얼마나 성가신가! 내 통로의 벽들에다 정확하게 귀를 기울여 보고 시험 삼아 파 보며 이 방해가 어디서 이루어지는지부터 확인해야 하리라. 그런 다음에야 소음을 제거할 수 있을 것이다. 그건 그렇고 이 새로운 구덩이는, 그것이 어떻게든 굴의 상태에 맞기만 한다면, 새로운 통풍 통로가 될 테니 나 역시 환영할 일이다. 그러나 작은 생물들에 대해서는 이제부터라도 지금까지보다 더 주의를 하겠다, 아무것도 그냥 내버려 두어서는 안 되겠다.

그런 수색이라면 많이 해 봤으므로 오래 걸리지는 않을 테니, 곧 그 일부터 시작하려 한다, 앞서 다른 일들이 있기는 하지만 이 일이 가장 시급하다, 나의 통로들은 고요해야 하므로. 어쨌든 이 소리는 상당히 무해하니, 내가 왔을 때 그 소리가 이미 났을 텐데도 그것을 전혀 듣지 못했던 것이다. 나는 비로소 다시 완전히 집에 자리를 잡고 그것을 듣게 되었으니 정말 틀림없나 보다, 그런 건 어느 정도 집주인의 귀에만 들리니까. 그리고 그것은, 그런 소리가 여느 때 그렇듯이 쭉 이어지지도 않는다, 오랫동안 그치곤 하는데 그것은 분명 기류가 막혀 고인 데서 비롯한 것이리라. 수색을 시작하지만, 파 보아야 할 곳을 찾는 일이 만만찮다, 몇몇 군데 구덩이를 파 보았지만 그냥 되는 대로다, 물론 그렇게는 아무런 성과가 없으며 굴착이라는 큰 작업과 다시 땅을 덮어 고르게 하는 한결 더 큰 작업은 허사다. 나는 소리 나는 장소에조차 가까이 다가가지 못하는데 희미한 소리는 변함없이 규칙적인 간격을 두고 계속 울린다. 어떤 때는 사각사각 소리 같기도 하고, 어떤 때는 휘파람 소리 같기도 하다. 그런데 나는 그것을 잠시는 그냥 내버려 둘 수도 있으리라, 몹시 방해가 되기는 하지만 내가 가정해 본 소리의 출처가 거의 분명하다면 그것이 더 커질 리 만무하고 반대로 — 지금껏 내가 그렇게 오래 기다려 본 적은 없지만 — 그런 소음들은 시간의 흐름에 따라, 그 작은 굴착자가 일을 계속해 나감으로써 저절로 사라질 수도 있을 터다. 또한 그런 점을 도외시하더라도, 체계적인 수색이 오래전에 자주 무력해졌는데도, 우연 덕에 방해의 단서가 쉽사리 잡히기도 하는 법이다. 그렇게 스스로를 위로하고, 차라리 계속 통로들을 배회하며 내가 아직 다시 보지 못한 많은 광장들을 찾아본다. 그리고 간간이 조금씩 성곽 광장을 빙 돌아보는 게 나으리라, 그러나 그렇게 되지를 않는다, 나는 계속 찾아야 한다.

보다 유익하게 사용될 수도 있을 많은 시간, 많은 시간이 작은 족속에게 필요하다. 그런 기회들에 있어서 통상 나의 관심을 끄는 것은 기술적인 문제다. 예컨대 세세해서 나의 귀기 아주 정확하게 그려 낼 수 있을 정도로 구분할 수 있는 소리에 따라, 나는 어떤 계기를 상정하고 현실이 거기에 상응하는가를 검사해 보고 싶어서 조바심을 낸다. 설령 벽에서 떨어진 모래알이 어디로 굴러갈지를 아는 것만이 문제시되더라도 나는 그것조차 확실하게 느낄 수 없는데, 여기에는 확인이 따를 수 없는 만큼 충분한 근거가 있는 셈이다. 그러니 그런 소리 하나조차 이러한 관점에서 보자면 전혀 중요하지 않은 사건이 아니다. 그러나 중요하든 중요하지 않든, 아무리 찾아보아도 나는 아무것도 찾아내지 못한다, 아니 오히려 너무 많이 찾아냈다. 하필 내가 가장 좋아하는 광장에서 이런 일이 꼭 일어나야 하는지, 나는 그곳을 떠나 제법 멀리 가면서 다음 광장에 이르는 길 거의 한중간에서 생각한다. 이 모든 건 사실 농담일 뿐이라고, 이를테면 마치 바로 내가 가장 좋아하는 광장에만 이러한 방해가 마련된 것이 아니라 방해는 다른 쪽에도 있다고 증명이라도 하려는 듯이, 그러고는 웃으며 귀를 기울이기 시작하지만, 곧 웃기를 그친다. 동일한 사각사각 소리가 여기서도 정말로 들리기 때문이다. 저건 아무것도 아니야, 이따금씩 나는 생각한다. 나 말고는 아무한테도 들리지 않을 거야, 물론 연습 탓에 예민해진 내 귀에는 그 소리가 점점 더 똑똑하게 들린다. 내가 비교를 통해 확신할 수 있는 대로 그것은 사실 어디서나 똑같이, 바로 그 같은 소리인데도 말이다. 벽에다 귀를 바짝 대지 않고, 그냥 통로 가운데서 엿들으며 내가 알아낸 바에 따르면 그 소리는 더 커지지도 않는다. 그 소리를 들으려면 아무래도 바짝 긴장을 해야만, 실로 여기저기서 엎드려 몰두해야만 어떤 소리 하나의 숨결을, 차라리 듣는다기보다는 짐작으로 알아차릴 수 있다. 그러나 바로 이 모든 장소에서 똑같이 그러하다는 점이 가장 나의 신경에 거슬린다. 그것은 내가 애초에 했던 가정과 일치하지 않기 때문이다. 내가 이 소리의 근원을 제대로 알아맞혔다면, 그것은 바로 발견되었어야 할 어느 특정 장소에서 가장 크게 울리고 그다음에는 점점 작아져야 할 텐데, 그런 나의 설명에 들어맞지 않으니, 그럼 그것은 무엇이었을까? 소리의 진원지가 두 군데에 있고 내가 다만 지금까지 중심들에서 멀리 떨어진 데에 귀를 기울였고, 그래서 내가 하나의 중심에 다가가면 그것의 소리를 들을 수 있지만 또 다른 중심의 소리가 줄어듦으로써 결과적으로 늘 비슷한 식으로 들었을 가능성도 있기는 하다. 어느덧 나는 자세히 귀를 기울일 때면, 비록 아주 희미하게나마 이 새로운 가정에 부합하는 음(音)의 차이를 알아듣는다고 거의 믿게 됐다. 아무튼 나는 탐색 지역을 지금껏 해 온 것보다 훨씬 더 넓혀야 할 것 같다. 그래서 나는 통로를 아래쪽으로, 성곽 광장까지 내려가, 거기서 귀를 기울이기 시작한다. 기이하게도 여기서도 역시 같은 소리가 난다. 그렇다면 그것은 내가 이곳에 없는 시간 동안 파렴치하게도 그러한 부재를 남김없이 이용한, 어떤 하잘것없는 짐승들이 굴을 파며 내는 소리다. 아무튼 그들이 일부러 내 쪽으로 올 리는 만무하고, 다만 자기 자신들의 작업에 골몰해 있을 테니 그들의 길에 장애물이 나타나지 않는 한 한번 취한 방향을 고수하리라. 그 모든 것을 내가 알고 있다, 그럼에도 불구하고 그들이 감히 성곽 광장에 접근한다는 것이 내게는 불가해하고, 나를 흥분시키며, 작업에 필수적인 이성을 혼란하게 한다. 그런 점에서 나는 구분하지 않겠다, 성곽 광장이 위치한 장소가 현저히 깊은 곳이었는지 아닌지, 굴착하던 자들에게 겁을 주고 움츠리게 한 것이 성곽 광상의 커다란 면적과 그에 상응하는 센 공기의 유동이었는지, 아니면 그곳이 성곽 광장이라는 사실 자체가 그 어떤 소식통에 의해 그들의 둔한 감각에까지 침투해 갔었는지를. 아무튼 파 들어간 흔적은 지금껏 성곽 광장 벽에서는 보지를 못했다. 내가 여기에다 내 고형 사냥물을 놔두었으니 그것의 짙은 냄새에 이끌려 동물들이 무리 지어 오기는 했으나, 그들은 저 위 어딘가에서 안으로 나의 통로를 파 들어왔고, 그런 다음 마음을 졸이기는 했지만 이에 강하게 이끌려 통로들을 따라 달려 내려왔다. 그러니 이제 그들 또한 통로들 안에서 굴을 뚫고 있으리라. 최소한 내가 나의 청년기 그리고 이른 장년기의 가장 중요한 계획들이라도 실행했더라면, 아니 그보다는 그것들을 실행할 힘이 있었더라면 얼마나 좋았으랴, 뜻이야 없지 않았으니까. 내가 좋아했던 이 계획들 중의 하나는 성곽 광장을, 그것을 둘러싼 지면과 분리시키는 일이었다. 즉, 그 벽들을 대략 내 키에 상당하는 두께로만 남겨 두고 그 너머에는 성곽 광장을 빙 둘러, 유감스럽게도 지면에서 떼어 낼 수 없는 작은 기초만 남기고 벽 넓이 정도로 공동(空洞)을 마련하겠다는 것이었다. 이 공동을 나는 언제나 나에게 주어질 수 있는 가장 멋진 체류지로 그려 보곤 했는데 그건 아마 그다지 부당한 일은 아니었으리라. 이 공동의 둥그렇게 휜 벽에 매달려 있기, 위로 올라가기, 미끄러져 내려오기, 공중제비를 해서 다시 발로 바닥을 딛고 서기, 이 모든 유희는 더 말할 나위 없이 성곽 광장의 몸체 안에서 행해지지만 엄밀하게 따져 보면 바로 그 진짜 공간 안에서는 아니다. 성곽 광장을 피할 수 있다는 것, 그것으로부터 눈을 떼어 쉬게 할 수 있다는 것, 그것을 보는 기쁨을 나중으로 미룰 수 있다는 것, 그러면서도 그것으로부터 아주 떠나서 지내지 않아도 되고, 그것을 그야말로 손아귀에 단단히 움켜쥐는 것, 그런 건 거기로 접근할 수 있는 열린 출입구 하나만 있다면 불가능한 일이다. 그리고 다른 무엇보다 그것을 감시할 수 있다는 것, 굴을 보지 못하는 결핍 대신, 성곽 광장에 있을 것인지 공동에 머무를 것인지를 택할 수 있다면, 오직 늘 그곳을 오락가락하며 성곽 광장을 지키기 위해 평생 언제라도 분명 공동을 선택하리라는 식으로 상쇄되리라는 것 또한 말이다. 그러면 벽에서 소리가 들려오는 일도 없으리라, 광장에 이르도록 무례하게 파 들어오는 일도 없으리라, 그러면 그곳에 평화가 보장되리라 그리고 나는 평화의 파수꾼이 되리라, 조그만 족속의 굴 파기 따위에 꺼림칙하게 귀 기울이는 것이 아니라, 지금은 내가 아주 잃어버린 그 무엇, 성곽 광장에 서린 정적의 소리를 황홀하게 들으리라.

그러나 이런 모든 아름다운 것은 이젠 존립하지 않으며 나는 내 일을 해야 한다. 나는 지금 일이 성곽 광장과 직접 연관된다는 사실에 거의 기쁠 지경이다. 그게 나에게 날개를 붙여 준 듯했으니까. 나는 물론 점점 더 드러나는 대로, 처음에는 대수로워 보이지 않았던 이 일에 나의 모든 힘을 쏟고 있다. 나는 지금 성곽 광장의 벽들로부터 들려오는 소리를 엿듣고 있는데, 내가 귀 기울이는 곳은, 높은 곳, 깊은 곳, 벽 혹은 바닥, 입구들 혹은 내부, 사방, 온 사방인데 전부 같은 소리다. 끊어졌다 이어지곤 하는 소리에 이렇게 오래 귀 기울이고 있는 데에 얼마나 많은 시간이, 얼마나 큰 긴장이 필요한지. 자기기만을 위해 굳이 조그만 위로를 찾자면, 여기 성곽 광장에서는, 귀를 땅바닥에서 떼면, 통로들에서와는 달리 광장의 크기 때문에 전혀 아무 소리도 들리지 않는다는 점이나. 그러니 그건 그렇다 치고, 대체 무슨 일이 일어났단 말인가? 이 현상 앞에서 나의 첫 번째 해석은 전혀 통하지 않는다. 그렇지만 나에게 제시되는 다른 해석들 역시 나는 거부해야 한다. 내 귀에 들리는 것이 바로 작업을 하는 미물 자체라고 생각해 볼 수도 있으리라. 그러나 그것은 모든 경험에 위배되니, 늘 존재했는데도 내가 한 번도 들어 본 적이 없는 것을 갑자기 듣기 시작할 리는 없지 않은가. 굴 속에서 여러 해를 지내면서 방해받는데 대해 더욱 예민해졌을지도 모르겠으나 청각은 결코 더 예민해지지 않았다. 들리지 않는다는 것은 바로 작은 동물의 본질이다. 그전에는 언제, 내가 그런 걸 참기라도 했단 말인가? 굶어 죽을 위험을 무릅쓰고 그런 것을 모조리 없애 버렸더라면 좋았을걸. 그러나 어쩌면 여기서 문제되는 것은 아직 내가 모르는 어떤 동물이리라. 이런 생각도 슬슬 떠오르기 시작한다. 그럴 수도 있으리라. 내가 이미 오래, 충분히 조심스럽게 여기 아래쪽에서의 삶을 관찰하고 있기는 하지만 세상에는 다채롭고 고약한 경이가 결코 없지 않은 법이다. 그러나 그건 한 마리가 아닐 수도 있으리라, 갑자기 나의 영역 속으로 추락할지도 모를 큰 무리임에 틀림없으리라. 소리가 들리는 걸로 봐서는 조그만 것들보다 한 수 위이지만 도무지 그들이 작업을 하는 소리 자체가 보잘것없다 보니, 그저 조금 나은 데 불과한 작은 동물들의 큰 무리이리라. 고로 그것은 모르는 동물들, 나를 방해하기는 하지만 머잖아 행렬이 끝날, 그저 지나쳐 갈 뿐인 뜨내기 무리일 수도 있으리라. 그렇다면 사실 나는 기다려도 되는 것이니 결국 불필요할 작업은 하지 않아도 될 터다. 그런데 그게 낯선 동물들이라면 왜 나는 그들을 여태껏 보지 않았을까? 그런데 그들 중 하나를 포획하려고 이미 많은 굴을 파 보았으나 아직 하나도 찾지 못했다. 어쩌면 그것은 아주 형편없이 작은 동물로, 내가 아는 것들보다 훨씬 더 작은데, 다만 그들이 내는 소리가 더 크리라는 생각도 든다. 그래서 나는 파헤쳐 놓은 흙을 조사한다, 흙덩어리가 잘게 부서지라고 높이 던져 올린다, 그러나 소리를 내는 자들은 그 아래에 없다. 서서히 나는 통찰한다. 그렇게 아무 데나 파 보는 것만으로는 아무 성과도 있을 수 없음을. 아무 데나 파 보는 건 내 굴의 벽들을 마구 헤집어 놓을 뿐이다, 여기저기를 황급히 긁어 흐트러뜨린다, 구멍들을 메울 시간이 없다, 많은 곳에 벌써 길과 시야를 가로막는 흙무더기들이 쌓여 있다. 물론 그 모든 것은 다만 나의 신경에 거슬리는 부수적인 것에 불과하다. 지금 나는 거닐 수도, 둘러볼 수도, 쉴 수도 없으니 말이다. 이따금 나는 작업을 하다가, 어느새 어떤 구멍에서 잠깐 잠들기도 한다. 앞발 하나는 발톱을 세운 채로, 위쪽 흙 속에 두고 말이다. 절반쯤 잠이 깨었을 때 흙 한 덩이를 긁어내리고자 했음이다. 이제 나는 나의 방식을 바꾸려고 한다. 소리 나는 방향으로 큰 구덩이를 정식으로 만드는데, 모든 이론을 떠나, 나는 소리의 진짜 원인을 찾기 전까지 이 일을 멈추지 않겠다. 그다음에는 구덩이들을 내 힘이 닿는 한에서 없앨 것이고, 그러지 못하더라도 최소한 확신을 얻게 될 터다. 그 확신은 나에게 안심, 아니면 절망을 안겨 줄 것이다, 어떻든 간에 이것 아니면 저것일 테니, 의심의 여지가 없고 정당하리라. 이 결심이 내겐 유쾌했다. 내가 지금까지 모든 것을 행해 오며 지나치게 서둘렀다는 생각이 든다. 귀환의 흥분에 빠져, 아직 지상 세계의 근심에서는 벗어나지 못하고 굴의 평화에도 완전히 수용되지 못한 채, 내가 그렇게 오래 굴 없이 지내야 했다는 사실에 지나치게 민감해져서, 시인할 만한 것이기는 하지만 이상한 현상 하나 때문에 나의 분별을 모조리 잃어버렸던 것이다. 그럼 무엇이라는 말인가? 긴 사이를 두고서 들리는 가벼운 사각사각 소리, 아무것도 아니다. 그렇게 말하고 싶지는 않지만, 익숙해질 수도 있는, 아니, 익숙해질 수 없겠지만, 잠정적으로 곧장 어떤 대응을 하지 않은 채 한동안 관찰해 볼 수도 있는 것, 가령 몇 시간 동안 이따금씩 귀를 기울이고 결과를 참을성 있게 기록해 둘 수도 있는 것 말이다. 나처럼 벽에서 귀를 떼지 않고, 벽을 따라가며 그 소리가 들릴 때면 거의 매번, 진짜 무얼 찾기 위해서라기보다는 내면의 불안에 상응하는 그 무언가를 행하기 위해 땅을 파헤치지 않을 수도 있는 것이다. 이제는 그게 달라지리라, 나는 희망한다. 그리고 또다시 희망하지 않으니 ─ 내 자신에게 노하며, 두 눈을 감고 시인하느니 ─ 불안이 나의 내부에서 아직도, 몇 시간 전부터와 똑같이 자리하고 있다. 이성이 제지하지 않는다면 나는 분명 그냥 아무 데서나, 거기서 무슨 소리가 들리는지 아닌지 상관하지 않고, 둔감하게, 반항적으로, 오로지 굴을 파기 위해서 되는대로 굴착하기 시작하였을 것이기 때문이다. 어느새 맹목적으로 파거나 아니면 그저 흙을 먹기 때문에 땅을 파는 저 작은 동물과 별로 다르지 않게. 이 새로운 계획은 내 마음을 사로잡기도 하고 그러지 않기도 한다. 그것에 이의를 제기할 생각은 없다, 적어도 내게는 이의가 없다, 내가 알기로 그 계획은 틀림없이 목표에 이를 터다. 그런데 그럼에도 불구하고 그러리라고는 근본적으로 믿지 않는다, 그 결과로 생길 법한 충격도 결코 두려워하지 않을 만큼 별반 믿지 않는다, 결코 충격적인 결과를 생각하지 않는다, 그렇다, 나는 그 소리가 처음 등장했을 때부터 수미일관한 굴 파기를 생각했는데, 다만 확신이 서지 않아서, 지금껏 그걸 시작하지 않은 듯 보인다. 그런데도 나에겐 물론 다른 수가 없으니, 굴 파기를 시작할 것이다. 그러나 즉시 시작하지는 않겠다. 작업을 약간 미루겠다. 마땅히 분별력이 다시 온전하게 돌아오면 시작할 테니, 이 일에 처박히지는 않겠다. 어쨌든 먼저 내가 파헤치는 작업을 하느라 굴에다 끼친 피해부터 손보아야겠다. 큰 시간이 드는 일은 아니지만 꼭 필요하다. 새로 굴을 파는 작업이 정말로 틀림없이 목표에 도달한다면, 그것은 분명 길어지리라. 한편 그것이 아무런 목표에도 도달하지 못한다면 그것은 끝나지 않을 테니, 아무튼 이 작업은 굴로부터 꽤 오래 떨어져 있어야 함을 의미한다. 저 지상 세계에 있으면서 굴을 떠나 있는 것만큼 나쁘지는 않을 것이니, 나는 원할 때면 일을 중단하고 집에 다녀올 수 있고, 그러지 않더라도 성곽 광장의 공기가 나에게로 불어와 작업하는 나를 감쌀 터다. 그러면서도 그것은 굴로부터 멀어지는 일과 불확실한 운명에 몸을 내맡겨야 함을 뜻하니, 나는 내 뒤에 잘 정돈된 굴을 남겨 두겠다. 굴의 평화를 쟁취하기 위해 분투했던 내가 스스로 그 평화를 교란해 놓고 즉시 회복시키지 못해서는 안 되지. 그래서 나는 구멍들 속으로 흙을 다시 흐트려 넣기 시작한다. 내가 정확하게 아는 작업, 내가 헤아릴 수도 없이 여러 번, 거의 일을 한다는 의식도 없이 행했던 작업이니, 특히 마지막 압착과 땅고르기라면 내가 — 이것은 분명히 그저 자기 자랑이 아니고, 그대로 진실이다. — 타

의 추종을 불허하게 해낼 수 있는 작업이다. 그렇지만 이번에
는 그게 어렵다. 나는 너무도 산만하고, 한창 작업을 하다 말
고 자꾸자꾸 벽에 귀를 갖다 대고 귀 기울이며 내 발 아래서
채 퍼 올려지지도 않은 흙이 다시 비탈로 흘러내려도 무심히
내버려 둔다. 한결 강력한 집중을 요하는 마지막 미화 작업은
거의 해내지 못한다. 보기 흉하게 불거져 나온 곳, 장애가 되
는 틈바구니가 그대로 있다. 또한 전체적으로 보면 마치 누더
기처럼 꿰맨 벽에서 옛날의 둥그런 곡선을 찾아볼 수 없는 건
말할 필요도 없고, 나는 이것을 다만 잠정적인 작업이라 여기
며 애써 자위한다. 내가 되돌아와 다시 평화로워지면, 모든 것
을 최종적으로 개수하리라, 그때면 모든 것이 눈 깜짝할 사이
에 이루어지겠지. 그렇지, 모든 것이 눈 깜짝할 사이에 이루
어지는 건 동화 속 이야기이니, 이 위로 또한 동화 속의 위로
다. 더 나은 방법은 지금 즉시 완벽한 작업을 하는 것이리라,
작업을 자꾸자꾸 중단하고 통로들을 느긋하게 돌아다니며 새
로이 소리 나는 곳이 어딘지 확인하는 것보다는 훨씬 유익하
리라, 그렇게 돌아다니는 건 정말이지 아주 쉬운 일이다, 아
무 데나 멈추어 서서 귀 기울이는 것밖에는 달리 아무것도 요
하지 않으니까. 그리고 그 밖에도 나는 쓸모없는 발견을 한다.
더러 그 소리가 그친 듯이 느껴지는데, 그것이 실은 길게 정지
한 것이고, 종종 그런 사각사각 소리를 넘겨듣기도 하는데, 귓
속에서 자신의 피가 지나치게 심하게 박동할 때면 그 두 가지
정지가 하나로 합쳐져, 잠시 동안 그 사각사각 소리가 영원히
끝난 것처럼 여겨진다. 그때면 더 이상 귀 기울이지 않는다,
펄쩍 뛰어오른다, 인생이 송두리째 180도 달라진다. 굴의 정
적이 흘러나오는 근원이 열리기라도 한 듯싶다. 발견한 걸 즉

시 검증하기를 삼가며, 의구심을 품기에 앞서 그걸 믿고 털어 놓을 수 있는 그 누군가를 찾아, 성곽 광장까지 내달린다. 자기 존재의 모든 것과 더불어 새로운 인생에 눈을 떴으므로, 벌써 오랫동안 아무것도 먹지 않았음을 기억하고, 흙 속에 절반쯤 파묻힌 식량에서 아무거나 좀 끌어내어, 믿을 수 없는 발견이 이루어진 장소로 되돌아오는 동안에도 그걸 꿀떡꿀떡 삼킨다. 처음에는 그저 곁다리로, 단지 먹는 동안에 얼핏 사방을 다시 한 번 확인하려고 귀를 기울인다. 그런데 얼핏 귀를 기울인 행위가 즉각, 치욕스럽게도 실수했다는 걸 알려 주니, 거기 먼 곳에서 확고부동하게 사각사각 소리가 난다. 그래서 먹던 음식을 뱉어 낸다, 음식을 땅바닥에 꽉꽉 밟아 넣고만 싶다, 작업으로 되돌아가지만 어느 작업으로 돌아갈지조차 전혀 모르는 상태다. 필요해 보이는 곳, 어디나 그리고 그런 곳이라면 충분히 있으니, 기계적으로 무엇인가를 하기 시작한다, 마치 감독관이 오기라도 한 듯이 그리고 감독관에게 희극을 보여 주어야 한다는 듯이. 그런데 잠시 그런 식으로 작업을 했는데, 곧바로 새로운 발견을 하게 되는 일도 생기나 보다. 소리가 더 커진 것 같다, 여기서는 늘 오로지 섬세함에 따른 차이가 문제시되니, 물론 훨씬 더 커졌다고는 할 수 없어도 약간 더 커진 것을 똑똑하게 알아들을 수 있다. 그리고 소리의 증폭은 어떤 다가옴으로 여겨지는데, 가령 이 증폭은 들린다기보다는 그야말로 훨씬 분명하게 다가오는 발자국처럼 보이는 것이다. 벽에서부터 펄쩍 뛰어 물러나, 이 발견의 결과로 벌어질 수 있는 모든 일을 시선으로 조망해 보려고 애쓴다. 본래 굴을 공격에 대비한 방어용 시설로 설비한 적이 없는 듯한 느낌이다, 그런 의도야 있었지만 공격의 위험이라는 것이 온갖 인생 경험에 위배되어 보였고, 그래서 방어 시설들이 자신과는 소원한 것으로 보였던 것이다. ── 아니면 전혀 무관하지는 않더라도 (어찌 그럴 수 있으랴!), 서열상으로 평화로운 삶을 위한 설비들보다는 까마득하게 하위에 있었다. 그래서 굴 안에서는 평화로운 삶을 위한 시설들을 우선시하였던 것이다. 많은 것들이 기본 계획을 저해하지 않으면서도 그 방향에서 설비될 수 있었을 텐데도 그것은 납득이 가지 않을 정도로 소홀히 여겨졌다. 이 몇 해 동안 나는 많은 행운을 누렸고, 행운은 나의 버릇을 나쁘게 하였으며, 불안하기는 했으나 행운 속의 불안은 아무것에도 이르지 못하는 법이다.

　우선 지금 할 수 있는 일은 사실 방어를 목표로, 방어하면서 상상할 수 있는 온갖 가능성에 비춰 굴을 살펴보고, 방어 계획 및 거기에 속하는 건축 도면을 만들어 내서 즉시, 젊은이처럼 원기 왕성하게 작업을 시작하는 것이리라. 그것은 필수불가결한 작업일 터다. 지나치는 김에 말하자면, 물론 너무도 때늦거나 필수 불가결한 작업이리라, 실은 무방비 상태로 내온 힘을 들여, 그러다 보니 오히려 위험 쪽에서 너무 뒤늦게 닥쳐오지나 않을지 어처구니없는 염려까지 해 가면서 위험을 찾아내는 데 몰두하는 목적밖에 없는, 그 어떤 거창한 탐사를 위한 굴 파기는 결코 아닐 것이다. 나는 갑자기 내 이전의 계획을 도무지 이해할 수가 없다. 예전에는 사려 깊었던 계획에서 사려라고는 눈곱만큼도 찾아볼 수가 없으니, 다시 작업에서 손을 놓고 귀 기울여 듣는 일도 그만둔다, 지금은 소리가 더 커지는 것을 발견하고 싶지 않다, 발견이라면 충분히 했지 않은가, 모든 것을 방치한다, 내 내면의 저항을 진정시킬 수만 있다면 만족할 텐데. 다시 발길 닿는 대로 통로들을 지난다,

점점 더 먼 통로들 안으로 간다, 돌아온 후 아직 보지 못한, 나의 파헤치는 발길이 아직 전혀 닿지 않은 통로들로 내가 가면 그 정적이 깨어나 나의 위로 내려앉는다. 나는 굽히지 않는다, 내내 서두른다, 무엇을 찾는지도 전혀 모른다, 다분히 다만 시간을 미루는 것이리라. 나는 길에서 훨씬 벗어나 미로까지 오고 만다, 이끼 덮개에 귀를 대고 소리를 듣는 일이 나의 마음을 끈다, 그토록 멀리 있는 사물들이, 이 순간으로서는 그토록 멀리 있는 사물들이 나의 관심을 산 것이다. 위까지 밀고 나가서 귀 기울인다. 깊은 정적, 여기는 얼마나 좋은가, 저 밖에서는 아무도 나의 굴엔 관심이 없고, 각기 나와는 아무 상관 없는 그 자신의 일들에만 신경을 쓴다, 내가 그것에 도달하기 위해 무슨 일을 해 보든 간에. 여기 이 이끼 덮개는, 어쩌면 내 굴에서 지금 몇 시간씩 귀 기울여 봐야 아무 소리도 들리지 않는 유일한 장소다. ── 굴 속에서의 관계는 완전히 거꾸로이니, 지금껏 위험한 장소였던 곳이 평화의 장소가 되고, 반면 성곽 광장은 세상의 소음과 그것이 지닌 여러 가지 위험물이 내는 소음에 휘말려 버린다. 더욱 나쁜 것은, 사실 여기에도 평화가 없다, 여기서는 아무것도 달라지지 않는다. 조용하든 시끄럽든 상관없이 이끼 위로는 전과 마찬가지로 위험이 매복해 있으며, 단지 내가 그것에 둔감해졌을 뿐이다. 나의 벽들에서 들려오는 사각사각 소리에 나는 너무도 시달리고 있다. 내가 소리에 시달리고 있다고? 소리는 커지고, 가까워져 오는데 나는 미로를 살금살금 돌아다니며 여기 높은 곳, 이끼 아래에 태평하게 진을 치고 있다. 내가 여기 위쪽에서만 약간의 평화를 찾는다는 건, 벌써 사각사각 소리를 내는 자에게 나의 집을 온통 내맡겨 버린 거나 다름없는 꼴이지 않은가, 사각사각 소리를 내는 자에게라고? 그 소리의 원인에 대해 내가 새로 확정된 견해라도 가지고 있단 말인가? 그 소리는 아마 작은 것이 파고 있는 가느다란 홈들에서 나는 것일 텐데도? 그것이 나의 확정된 견해이지 않은가? 아직은 내가 거기서 벗어나지 못한 것 같다. 그리고 그것이 직접 홈에서 나는 소리가 아니더라도, 어떻게든 간접적으로 거기서 나는 소리이리라. 그리고 만일 그 소리가 그 홈들과 전혀 무관하다면, 전혀 아무것도 미리부터 가정할 수 없을 테니, 아마 원인을 발견하거나 그 자체가 드러날 때까지 기다려야 할 것이다. 가정들을 가지고 유희하는 일이야 물론 지금도 할 수 있다. 예컨대 이런 말도 할 수 있으리라, 어딘가 먼 곳에서 느닷없이 물이 새어 들어왔고, 나에게 휘파람 소리나 사각사각 소리로 들리는 것이 실은 물이 졸졸 흐르는 소리일지도 모른다고. 그러나 내가 이러한 경험을 전혀 해 보지 않았다는 사실을 제쳐 놓더라도 ── 내가 처음 발견한 지하수는 즉시 물길을 돌려놓았으므로 이 모래 바닥으로는 다시 흘러오지 않았다. ── 그것은 사각사각 소리이지 졸졸 흐르는 소리로는 해석되지 않는다. 하지만 진정하라는 온갖 경고가 무슨 소용이겠는가. 상상력은 멈추지 않고, 나는 정말로 이렇게 곧이곧대로 믿는 데 집착한다. ── 그것 자체를 부인하는 것은 실없는 일이다. ── 그 사각사각 소리는 한 마리의 동물, 즉 많은 작은 동물들이 아니라 단 한 마리의 큰 동물이 내는 거라고 말이다. 무엇보다 그 소리는 사방 어디서나 들리며 언제나 같은 크기일 뿐만 아니라, 그 밖에도 밤낮으로 들린다. 그런 생각에 맞서는 조짐이 있기는 했다. 확실히 처음에는 어느 편이냐 하면, 작은 동물들이 내는 소리라고 가정하는 방향으로 마음이 기울 수밖에 없었으나 이리저리 파 보는 동안 내가 그것들을 찾아냈어야 했음에도 아무것도 찾지 못했으니, 이제는 큰 동물이 존재한다는 가정만 남은 것이다. 그런데 그 동물은 가정에 특히 어긋나 보일지 모른다. 실은 그냥 사물들, 그 동물을 형편없이 무례하게 만들지 않고, 다만 온갖 상상을 훨씬 넘어설 정도로 위험하게 만드는 사물들이다. 오로지 그 때문에 나는 그 가정에 저항했었다. 나는 이 자기기만을 그만둔다. 나는 이미 오랫동안 한 가지 생각을 이리저리 굴려 보았다. 즉 그 동물이 맹렬하게 작업을 하는데, 마치 산보객이 노천 통로를 지나가듯 빠르게 땅을 판다고. 그래서 그게 땅을 팔 때면 땅이 진동하고, 그게 지나간 한참 후에도 여전하다고. 따라서 이 뒤이은 진동과 작업의 소리 자체가 먼 거리를 두고 한데 섞여, 잦아드는 그 소리의 마지막 잔음만 듣는 나에게는 그것이 어디서나 똑같게 들린다는 것이다. 거기에도 그 동물이 나를 향해 오고 있지 않다는 생각이 섞여 들어가 영향을 미친다. 그 때문에 그 소리가 변함없고, 오히려 나로서는 그 뜻을 꿰뚫어 볼 수 없는 어떤 계획으로 이미 제출되어 있다, 나는 다만 그것이, 나에 관해 안다고는 전혀 주장하고 싶지 않은 그 동물이, 나를 포위하고 내가 그것을 관찰하기 시작한 때부터, 몇 개의 포위망을 이미 나의 굴 주변에 그어 놓았으리라고 가정할 뿐이다. ─ 그 소리의 종류, 사각사각 소리냐 휘파람 소리냐 하는 문제는 나에게 생각할 거리를 많이 준다. 내가 내 방식대로 땅을 긁어 보고 파헤쳐 보면 전혀 다른 소리로 들린다. 이 사각사각 소리로 보아, 그 동물의 주된 연장은 발톱이 아니다. 어쩌면 발톱으로 부수적인 작업을 할지도 모르지만, 아무튼 그 엄청난 힘은 어떤 날카로움마저 지녔을 주둥이거나 거대한 코라고밖에 설명할 수 없다. 틀림없이 그것은 세찬 일격으로 큰 코를 땅속에다 박아 커다란 흙덩이를 떼어 내는데, 이 시간 동안에는 내가 아무 소리도 듣지 못한다. 이게 바로 그 멈춤이다. 그러나 그러고 나서는 다시 새로운 일격을 하고자 공기를 들이마신다. 그 동물의 힘뿐만 아니라 그의 서두름, 작업에 대한 열성 때문이기도 한, 명백히 땅을 뒤흔드는 소음인 이 공기 흡입이, 내게는 낮은 사각사각 소리로 들리는 것이다. 그럼에도 도무지 모르겠는 것은 쉬지 않고 일할 수 있는 그의 능력이다. 어쩌면 짧은 정지마다 아주 잠깐 숨 돌릴 기회가 포함돼 있겠으나 휴식다운 긴 휴식은 내가 보기에 아직 없었던 것 같고, 그는 밤낮으로 땅을 판다, 늘 같은 힘과 같은 원기로, 서둘러 실행해야 하는 그의 구상, 실현할 모든 능력을 그가 지닌 계획에 늘 쏟아부으면서 말이다. 그런 적수를 나는 전혀 예상하지 못했다. 그러나 그의 별난 점들은 제쳐 놓고라도 지금 내가 실로 늘 두려워했어야 했을 그 무엇, 거기에 맞서 늘 대비를 했어야 마땅했을 그 무엇인가가 진짜로 일어나고 있다. 누군가가 다가오는 것이다! 어찌하여 그토록 오랜 시간, 만사가 고요하고 행복하게 흘러갈 수 있었던가? 누가 적들의 길을 인도하여, 그들로 하여금 나의 소유지 둘레를 크게 에워싸게 했는가? 지금 와서 이다지도 놀라게 될 바에야 나는 왜 그토록 오랫동안 보호받았단 말인가? 그것들을 생각하고 또 하면서 세월을 보내고, 결국 이 하나의 위험을 대면하게 한 온갖 작은 위험들은 무엇이었나? 내가 건축 소유주이니 언젠가 찾아올지 모를 모든 자에게 우세하기를 바랐던가? 바로 이 크고 민감한 작품의 소유주이기에, 비교적 진지한 모든 공격에 대해 무방비하다고 하는 편이 오히려 설득력 있다. 굴을 소유했다는 행복이 나를 버릇없게 했고 굴의 민감함이 나를 예민하게 했으며 굴의 상처가 나 자신의 상처인 것처럼 나는 아프다. 바로 이 점을 나는 예상했어야 했다. 나 자신의 방어뿐 아니라 ─ 그런데 그것조차도 나는 얼마나 가볍고 성과 없게 행하였던가. ─ 굴의 방어도 생각했어야 했다. 무엇보다도 굴의 각 부분들이, 그리고 될 수 있는 대로 많은 하나하나의 부분들이, 누군가의 공격을 받으면, 그 공격이 최단 시간 안에 이루어질 터이니, 흙이 무너져 내리면 덜 위협을 받을 부분들과 분리되어야 했다. 그것도 그러한 흙덩어리 때문에 그 뒤에 진짜 굴이 있다고는 공격자가 전혀 눈치채지 못할 정도로 효과 있게 분리되게끔 배려했어야 했다. 더 나아가 이러한 흙의 붕괴는 굴을 감추는 데뿐만 아니라 공격자를 파문는 데도 적합해야 하리라. 그러한 종류의 방비를 위한 극히 작은 시도조차 나는 하지 않았다. 아무것도, 전혀 아무것도 이런 방향에서는 이루어지지 않았으니, 어린아이처럼 나는 경박했던 것이다, 나의 성년기는 어린아이 같은 유희로 흘러가 버렸고, 현실적인 위험들을 현실적으로 생각하는 데에 나는 소홀했다. 그런데 경고라면 없지 않았더랬다.

아무튼 지금의 상태에 이르게 한 그 무엇은 아니었더라도 건축을 시작할 무렵에 비슷한 일이 일어났었으니 말이다. 주요한 차이점이라면 그때는 바로 건축을 시작한 때였다는 사실이다. 그 당시 나는 그야말로 아직 첫 단계 수준의 보잘것없는 견습공으로서 작업을 했다. 미로는 겨우 큰 윤곽만 잡혀 있었고, 조그만 광장 하나를 벌써 파 놓기는 했으나 그것은 크기에서나 벽을 다루는 데 있어서 아주 실패작이었다. 요컨대 그것은 전체를 통틀어 그저 실험으로, 언젠가 참을성이 다하면 별 유감없이 문득 손을 놓아 버릴 수도 있는 것으로 간주되었던 만큼 모든 것이 착수 단계에 있었다. 그 무렵이었다, 한 번은 작업 중간에 휴식하면서 — 나는 나의 인생에서 늘 작업 중간에 너무 많이 쉬었다. — 파낸 흙더미들 사이에 누워 있다가 문득 멀리서 어떤 소리를 들은 일이 있었다. 젊었기에 나는 그 일로 겁이 났다기보다는 호기심이 동했다. 작업을 버려두고 귀 기울여 듣기에 매진했는데, 그때만 해도 그냥 귀 기울여 듣기만 했지, 저 위쪽의 이끼 아래로 달려가지는 않았다. 거기서 몸을 뻗고 누워 귀 기울이지 않아도 되었으면 하고 말이다. 최소한 나는 귀 기울였다. 나의 것 같은 어떤 굴에서 문제가 일어나고 있음을 썩 잘 판별할 수 있었으니, 약간 더 약하게 울리는 듯싶지만, 그중 얼마만큼을 멀리 떨어진 거리 탓으로 돌려야 할지 알 수가 없었다. 바짝 긴장해 있었으나 그 밖에는 냉정하고 침착했다. 나는 어쩌면 내가 어떤 낯선 굴에 들어와 있다고 생각했다, 그 주인이 지금 내 가까이로 굴을 파 들어오고 있다고. 이러한 가정이 옳은 것으로 드러났더라면, 내가 결코 정복욕에 차 있거나 호전적이지 않은 만큼, 내 쪽에서 떠났으리라. 어디 다른 곳에서 건축을 하려고, 어디 다른 곳에서 집을 지으려고. 그러나 물론, 그때만 해도 나는 젊었고 아직 굴도 없었던 터라 냉정하고 침착할 수가 있었다. 잇따른 사건의 진행 또한 나에게 본질적인 흥분을 가져다주지는 않았고, 다만 해결하기 쉽지 않았다. 그곳에서 굴을 파던 자 역시 내가 파는 소리를 듣고 정말로 내 쪽으로 오려고 애썼다면, 그때 실제로 그런 일이 일어났듯이, 그가 방향을 바꾼 이유가 혹시 내가 작업 도중에 휴식함으로써 그가 나아가는 방향의 지침이 될 요인을 없애 버렸기 때문이었을까? 아니면 그것보다는 그 자신이 의도를 바꾼 것인지 단언할 수 없었다. 그러나 어쩌면 내가 스스로를 기만했으며 그가 나를 향해 똑바로 온 적은 한 번도 없었을지도 모른다. 아무튼 그 소리는 또 한동 안, 마치 그가 다가오기라도 하는 듯이 강해졌는데, 당시에 젊 은이였던 나는 아마도 어떤 굴착자가 느닷없이 땅에서 솟아 나오는 모습을 보았다면 오히려 흡족해했을지도 모른다, 그 러나 그런 비슷한 일은 일어나지 않았고 어느 특정한 지점에 서부터 굴 파기가 약해져, 마치 그 굴착자가 점차 자기가 처음 취했던 방향을 바꾸기라도 한 듯이 차츰 더 약해졌다. 그러다 갑자기 뚝 그쳐 버렸다. 그가 이제 정반대 방향으로 가려고 결 심하여, 나를 떠나 곧장 먼 곳으로 가기라도 한 듯이. 오래도 록 그의 자취를 찾아 정적 속에 귀 기울이고 있다가 나는 다시 일을 시작했다. 그런데 그 경고가 충분히 명확했는데도 나는 곧 잊어버렸고, 그것은 나의 건축 설계도들에 거의 영향을 미 치지 못했다.

　그 당시와 오늘 사이에는 나의 청장년 시절이 가로놓여 있다. 그런데 그사이에 전혀 아무것도 가로놓이지 않았던 것 같지 않은가? 여전히 나는 작업 중간중간에 오래 쉬고 벽에다 귀 기울인다. 굴착자는 새로 뜻을 바꾸어 선회하여 자신의 여 행에서 돌아오고 있다, 그는 나에게 그사이 동안 자기를 영접 할 준비를 할 만한 충분한 시간을 주었다고 생각하는 것이다. 그러나 내 쪽에서는 모든 것이 도리어 그 당시보다 덜 준비되 어 있으니, 커다란 굴은 여기 무방비 상태로 덩그러니 서 있 다. 나는 이제 꼬마 수습공이 아니라 노장 건축사이지만 아직 남아 있는 힘을 결단의 시기가 오면 정작 쓰지 못할 터다. 그 러나 내가 아무리 늙었더라도, 지금보다 한결 더 늙는다면, 정 말이지 좋겠다. 이끼 아래의 나의 휴식처로부터 더 이상 몸을 전혀 일으킬 수 없을 정도로 늙었으면. 그러나 실제로 나는 이 곳을 견디지 못해 몸을 일으키고, 이곳에서 포만한 평화와 새로운 근심으로 나를 가득 채우기라도 한 듯이 다시 실수에 내려간다, 집 안으로 — 사물들은 마지막에 어떠했었던가? 사각사각 소리는 약해졌을까? 아니, 그것은 더 강해졌다. 나는 아무 데나, 열 군데쯤에 귀를 기울여 보고 착각했다는 사실을 똑똑히 알아차린다. 그 사각사각 소리는 똑같고, 아무것도 달라지지 않았다. 저 너머에선 아무런 변화도 일어나지 않고, 거기 사는 이들은 조용히 시간을 초월하는데, 이곳에서 귀 기울이는 자에게는 순간순간이 요란하게 진동한다. 나는 다시 성곽 광장에 이르는 기나긴 길로 되돌아간다. 사방의 모든 것이 나에게 격앙해 있는 듯이 보이고, 나를 노려보는 듯이 보이고, 그러다가는 또 금방, 나를 방해하지 않기 위하여, 얼른 다시 눈을 돌리는 것 같고, 그렇지만 나의 안색에서 그들을 구원하는 결심을 읽어 내려고 다시금 바짝 긴장한다. 나는 고개를 가로젓는다, 아직 그런 결심은 못 했노라고. 또한 거기서 그 어떤 계획을 실행하기 위해 성곽 광장으로 가지 않는다. 탐사하려고 굴을 파려 했던 자리를 지나간다, 다시 한 번 그것을 살펴본다. 그건 좋은 자리였던 듯싶다, 그 굴은 대부분 작은 공기 통로들이 나 있는 방향으로 이어질 수도 있었으니, 아마도 그것들은 나의 작업을 훨씬 쉽게 해 주었을 것이다. 어쩌면 아주 멀리 파지 않아도 되었을 텐데, 소리의 진원으로 전혀 파들어가지 않았어도 되었을 텐데, 어쩌면 환기구들에 귀를 대고 듣는 것만으로도 족했을 텐데. 그러나 그 어떤 숙고도 나를 고무시켜 이 파기 작업을 하도록 할 만큼 강하지는 않다. 이 굴이 나에게 확신을 가져다줄 것인가? 나는 확신을 전혀 원하지 않을 만큼 변해 버렸다. 나는 성곽 광장에서 가죽 벗긴 근사한 붉은 살코기 한 점을 골라내서 그걸 가지고 흙무더기 속으로 기어 들어간다, 그 속에는 아무튼 정적이 있을 테니, 이곳에 여전히 진정한 정적이라는 게 있다면. 나는 고기를 핥고 야금야금 먹으며 종종 한번은 멀리서 자신의 길을 가고 있을 낯선 동물을 생각하고, 그다음에는 다시 내가 아직 그럴 수 있을 동안 나의 양식을 한껏 즐겨야 한다는 생각을 한다. 아마도 후자는 내가 가진 실행할 수 있는 유일한 계획인 것 같다. 그건 그렇고, 나는 그 동물의 계획을 알아맞혀 보려고 애쓴다. 그것은 떠도는 중인가, 아니면 그 자신의 굴을 만들고 있는가? 그가 떠도는 중이라면 혹시 그와 의사소통이 가능할지도 모른다. 그가 정말로 내가 있는 데까지 뚫고 들어오면, 나는 그에게 나의 양식을 조금 주리라, 그러면 그는 가던 길을 계속 갈 것이다. 나의 흙더미 속에서 나는 물론 모든 것을 꿈꿀 수 있고, 의사소통 또한 꿈꿀 수 있다, 내가 뻔히 알면서도 그렇다. 그런 무언가는 존재할 수 없으며 만일 우리가 서로를 본다면, 아니 가까이에서 서로의 기미를 느끼기만 해도, 그 순간에 금방 까무러치듯 정신을 잃고, 누가 먼저고 누가 나중일 것 없이, 아무리 배가 이미 잔뜩 불러 있더라도, 새로운 종류의 허기에 사로잡혀 상대를 향해 발톱과 이빨을 드러내리라. 그리고 늘 그렇듯이 여기서도 그건 아주 정당하다. 어느 누구라도, 아무리 떠도는 중이더라도, 굴을 보면 자신의 여행 및 미래의 계획을 바꾸지 않겠는가? 그리고 혹시 그 동물이 자신의 굴들을 파고 있다면, 의사소통이란 도무지 꿈꿀 수 없다. 설령 그게 아주 이상스러운 동물이라, 자기 굴에 이웃을 용납하더라도, 나의 굴은 그렇지 못하다, 적어도 소리를 들을 수 있는 이

웃이라면 견딜 수 없다. 지금은 물론 그 동물이 아주 멀리 떨어져 있는 듯이 보이고, 만약 그것이 조금만 더 내쳐져 물러서 주기라도 한다면 저 소리도 사라지리라. 그러고 나면 아마도 모든 것이 옛 시절처럼 좋아질 수도 있으리라, 그러면 그건 다소 고약했지만 유익한 경험일 테고, 나에게 별별 수리를 다 해보게끔 자극을 주었으리라. 내가 안정을 되찾고 나에게 위험이 곧바로 닥쳐들지 않으면, 나는 온갖 위신을 세울 만한 작업을 해낼 능력을 아직 꽤 갖추고 있다. 혹여 그 동물이 자기 작업 능력으로 봤을 때 있음 직한 엄청난 가능성들을 보고, 나의 굴과 마주치는 방향으로는 굴의 확장을 포기하고, 그 대신 다른 방면에서 새로운 여지를 찾아 준다면 어떨까. 그 또한 물론 협상을 통해서는 이루어질 수 없고, 다만 그 동물 자신의 분별에 의해, 아니면 내 쪽에서 행사할 수 있는 어떤 강제에 의해 이루어질 수 있다. 이 두 가지 점에서 그 동물이 나에 관해 아느냐 그리고 무엇을 아느냐 하는 문제는 결정적이다. 그 점에 대해 숙고하면 할수록, 나로서는 그 동물이 내 소리를 들었으리라는 가정이 점점 더 있음 직하지 않게 여겨진다, 내게는 상상할 수 없는 부분이지만 그것이 달리 나에 대해 어떤 소식을 들었을 수는 있다. 그러나 아마도 나의 소리를 듣지는 않았을 터다. 내가 그에 관해 아무것도 모르는 한, 그 역시 나의 소리를 당최 들었을 리 없다, 왜냐하면 나는 조용히 행동했으니까. 굴과의 재회 이상으로 고요한 일이 있으랴, 내가 시험 굴착을 했을 때, 혹시 그가 내 소리를 들었을 수도 있다. 비록 내가 굴을 파는 방식은 극히 작은 소음을 내지만, 그가 내 소리를 들었더라면 나 역시도 그 사실을 조금은 알아차리지 않을 수 없었으리라, 그도 귀를 기울여 듣자면 적어도 작업 중에 이따금씩 멈추어야 했을 테니. ── 그러나 모든 것은 언제까지나 변함없었다.

인디언이 되려는 소망

인디언이 되었으면! 질주하는 말 등에 잽싸게 올라타, 비스듬히 공기를 가르며, 진동하는 대지 위에서 거듭거듭 짧게 전율해 봤으면, 마침내 박차를 내던질 때까지, 실은 박차가 없었으니까, 끝내 고삐를 집어던질 때까지, 실은 고삐가 없었으니까, 그리하여 눈앞에 보이는 땅이라고는 매끈하게 풀이 깎인 광야뿐일 때까지, 이미 말 모가지도 말 대가리도 없이.

황제의 전갈

황제가 ─ 그랬다는 것이다. ─ 그대에게, 한 개인에게, 비천한 신하, 황제의 태양 앞에서 가장 머나먼 곳으로 피한 보잘것없는 그림자에게, 바로 그런 그대에게 황제가 임종의 자리에서 한 가지 전갈을 보냈다. 황제는 사자(使者)를 침대 곁에 꿇어앉히고 전갈을 그의 귓속에 속삭여 주었는데 그 일이 황제에게는 워낙 중요해서 다시금 자기 귀에다 전갈을 되풀이하게끔 했다. 황제는 머리를 끄덕이며 했던 말에 착오가 없음을 확인했다. 그리고 그의 임종을 지키는 모든 사람들 앞에서 ─ 장애가 되는 벽들을 허물고, 넓고도 높은 만곡형 노천 계단 위엔 제국의 강자들이 서열별로 서 있다. ─ 이 모든 사람들 앞에서 황제는 사자를 떠나보냈다.

사자는 즉시 길을 떠났다. 그는 지칠 줄 모르는 강인한 남자로 이리저리 팔을 번갈아 앞으로 뻗쳐 가며 사람의 무리를 헤쳐 길을 텄는데, 제지를 받으면 태양 표지가 있는 가슴을 내보였다. 그는 역시 다른 누구보다 수월하게 앞으로 나아간다. 그러나 사람의 무리는 아주 방대하고 그들의 거주지는 끝나

지 않는다. 벌판이 열린다면 그는 날듯이 달려올 것을, 곧 그
대의 문에 그의 두 주먹이 두드려 대는 멋진 울림이 들릴 것
을. 그러나 그는 그러는 대신 속절없이 애만 쓰고 있다. 아직
도 그는 가장 깊은 내궁(內宮)의 방들을 힘겹게 지나고 있는
데, 결코 그 방들에서 벗어나지 못할 테고, 설령 그 방들을 벗
어난다 해도 아무런 득이 없을 것이니, 계단을 내려가기 위해
그는 또 싸워야 할 터다. 설령 싸움에 이긴다 해도 아무런 득
이 없을 테니, 뜰을 지나야 할 것이고, 뜰을 지나면 그것을 빙
둘러싼 또 다른 궁전이 있고, 다시금 계단들, 궁전들이 있고,
또다시 궁전이 있고 등 계속 수천 년을 지나 드디어 가장 바깥
쪽 문을 뛰쳐나온다면 ── 그러나 결코, 결코 그런 일은 일어
날 수 없다. ── 비로소 세계의 중심, 그 침전물이 높다랗게 퇴
적된 왕도(王都)가 그의 눈앞에 펼쳐질 것이다. 그 어떤 자도
이곳을 통과하지 못한다. 심지어 고인의 전갈을 가지고 있더
라도 말이다. ── 그런데도 그대는 그대의 창가에 앉아 저녁이
오면 그 전갈을 꿈꾼다.

만리장성을 축조할 때

만리장성은 그 최북단에서 마무리됐다. 남동부와 남서부로부터 쌓아 와 여기서 합쳐진 것이다. 이러한 부분 축조 체제는 그 세부에 있어서, 동서부 양대 작업 군단 안에서도 엄수됐다. 이십여 명의 노동자 집단을 만들어 그들로 하여금 약 오십 미터 길이의 성벽 일부를 쌓게 하고, 또 인접 집단이 같은 길이의 성벽을 마주 쌓아 오는 방식으로 작업은 이루어졌다. 그러나 합쳐진 다음에는 대략 그 지점의 천 미터 끝에서 다시 공사를 진척시키지 않고, 오히려 노동자 집단들을 다른 지방으로 보내 버렸다. 역시 장성을 쌓도록 말이다. 이런 방식으로 하다 보니 물론 커다란 틈이 많이 생겨났다. 틈들은 점차 서서히 메워졌는데, 심지어 어떤 틈은 장성 축조가 이미 완성됐다고 공표된 다음에야 메워지기도 했다. 아니, 도무지 막아지지 않은 틈들마저 있다고 한다. 아무튼 그런 주장이 있지만 축조를 둘러싸고 생겨난 많은 전설, 개개인으로서야 자기 눈이나 자신의 척도로는 그 축조물의 연장에 따라 이뤄진 그 자취를 추적해 볼 도리조차 없는, 수많은 전설 중의 하나일 것이다.

그런데 일관성 있게 쌓는 편이, 혹은 적어도 두 주요 부분 안에서만이라도 일관성 있게 쌓는 편이, 어떤 의미로든 보다 유리하지 않았겠느냐고 벌써 믿을지도 모른다. 그렇지만 누구나 알듯이 장성은 북방 민족을 막기 위한 것이다. 그런데 일관성 있게 쌓지 않은 장성으로 어찌 방어할 수 있겠는가. 정말이지, 그런 성벽이라면 방어를 할 수 없을뿐더러 축조 자체가 끊임없는 위험에 노출될 터다. 황량한 곳에 외따로 서 있는 이런 성벽 일부들은 언제든 쉽사리 유목 민족들에게 파괴될 수 있는 것이다. 특히 당시의 유목 민족들은 장성 축조로 불안해했고, 메뚜기처럼 까닭 없이 재빨리 그 거주지를 바꾸었으니 아마도 축조가 얼마큼 진척되었는지 보다 잘 조망했으리라. 우리들 자신, 쌓는 자들보다도 말이다. 그럼에도 불구하고 축조는 아마 실제 이루어진 방식과 다르게 수행될 수 없었나 보다. 그것을 이해하기 위해서는 다음을 생각해 보아야 한다. 장성은 수세기 동안 방어를 해야 하기 때문에 극히 세심한 축조, 온갖 시대와 민족들이 아는 모든 건축술의 동원, 쌓는 사람들 개개인의 지속적인 책임감 등이 작업의 절대적인 전제다. 하찮은 작업에야 아무것도 모르는 일반 백성의 날품팔이들, 평범한 남녀, 아이, 약간의 돈에 일하러 나선 사람 등 누구든 쓰였지만 그런 작자들 네 사람을 맡은 지휘자만 되어도 건축 분야에서 훈련을 받은 분별 있는 사람이 필요했다. 여기에서 무엇이 문제되는지를 마음속 깊이 공감할 수 있는 사람이 필요했던 것이다. 그리고 성과가 크면 클수록 요구도 컸다. 그런 사람들을 실제로 노동자들을 마음대로 부릴 수 있었다, 비록 이 축조가 필요로 하는 만큼 많은 무리는 아니었지만 그 수가 많긴 했다.

경박하게 노동에 접근하지는 않았다. 축조 시작 오십여 년 전, 성벽을 둘러쌓을 저 중국 전토에서는 건축술, 특히 축성 미장술이 가장 주요한 학술로 천명되었다. 여타의 학문은 그것과 관계있는 한에서만 인정을 받았다. 어린아이였을 적, 아직 걸음걸이도 확실하지 않았을 시절에 선생님 댁 뜰에 서서 자갈돌로 일종의 성벽을 쌓아야 했던 일, 선생은 웃옷을 추켜올리더니 성벽으로 달려가 물론 모든 것을 허물었다. 그는 우리가 쌓은 것이 허술하다고 비난을 했고, 그래서 우리는 엉엉 울면서 사방으로 흩어져 부모님들한테 달려갔던 일을 나는 아직도 생생히 기억한다. 이 기억은 극히 작은 사건이지만 당시의 시대정신을 잘 나타낸다.

스무 살 적에 최하급 학교의 최상급 시험을 치른 무렵, 장벽의 축조가 시작된 것은 나의 행운이었다. 내가 행운이라 함은, 그 이전에 그들에게 허락된 교육의 최상급 단계에 이르렀던 많은 사람들이 여러 해 동안 그들의 지식을 가지고 무엇을 시작해야 할지 모르고, 머릿속에만 거창한 축조 계획을 담은 채, 무더기로 쓸모없이 빈둥거리며 허랑방탕하게 지냈기 때문이다. 그러나 드디어 토목 감독이 되어, 비록 그것이 최하급 지위라 하더라도, 장성을 쌓으러 온 사람에게 그건 정말로 걸맞았다. 그들은 축조에 대하여 충분히 심사숙고했고 또 심사숙고하기를 그치지 않는 사람들, 자신이 땅바닥에 놓은 첫 돌과 더불어 스스로를 축조하는 일과 한 몸으로 느끼는 미장이들이었다. 그런 미장이들을 몰아대는 데에는, 극히 철저한 작업을 수행하겠다는 욕구 외에도 건축물이 완전한 모습으로, 드디어 버텨 일어서는 모습을 보려는 초조함도 있었다. 이러한 초조함을 날품팔이는 알지 못한다, 그를 몰아대는 것은 다만 일당뿐이니까. 상급 감독, 아니 중간 감독만 해도 공사가 여러 방면으로 진척되어 가는 것을 보면서, 그것을 통해 정신적으로 힘을 가다듬기에 족했다. 그러나 겉으로 봐서는 사소한 그들의 책무를 정신적으로 훨씬 넘어서는 하급직의 남자들에 대해서는 따로 배려가 있어야 했다. 그런 이들은, 예컨대 그들의 고향으로부터 수백 마일 떨어진 인적 없는 산골에 몇 달, 심지어 몇 년 동안이나 돌덩이를 돌덩이에 이어 쌓게 할 수는 없었다. 그런 부지런하지만, 아무리 오래 살아도 목적에 이르지 못하는 작업의 희망 없음이 그들을 절망시키고, 무엇보다 작업에 대해 쓸모없게 할 테니까. 그래서 이 부분 축조 체제가 선택되었던 것이다. 오백 미터라면 대략 오 년 안에 완성할 수 있었고 그때쯤이면 물론 감독들도 보통 탈진하였으며 자신, 건축, 세계에 대한 모든 신뢰를 상실했다. 그래서 아직 일천 미터에 이르는 만남의 축제가 주는 감격에 잠겨 있는 동안에 그들은 멀리멀리 보내졌고, 여행 중에 여기저기서 완성된 장성 부분들이 솟아 있는 광경을 보았으며, 그들에게 훈장을 주는, 보다 높은 지휘자들이 있는 진영 곁을 지났고, 여러 지방의 오지에서 쏟아져 나온 새로운 작업 군단의 환호성을 들었다. 또 산들이 망치질로 깨어져 돌 토막이 되어 가는 모습을 보았고, 성소들에서는 신심 깊은 이들이 노래하는 축조의 완성을 기원하는 소리를 들었다. 이 모든 것이 그들의 초조함을 진정시켜 주었다. 그들이 얼마간 시간을 보낸 고향의 조용한 생활이 그들에게 힘을 주었고, 모든 축조하는 사람들의 믿음에 찬 겸손, 소박하고 말 없는 시민이 언젠가는 이루어질 장성의 완성에 거는 신뢰, 그 모든 것이 영혼의 현(絃)을 팽팽하게 죄어 주었다. 그다음 영원히 희망하는 아이들처럼 그들은 고향에 이별을 고하니, 또다시 민족의 숙원 사업을 수행하겠다는 마음은 정녕 이겨 내기 어려운 법이다. 그들은 정해진 날보다 일찍 집을 떠나고, 마을 절반이 상당히 멀리까지 배웅을 했다. 길이라는 길은 장기와 군기의 무리뿐이니 여태껏 그들은 자기 나라의 이렇듯 크고 부유하고 아름다우며 사랑스러운 모습을 본 적이 없다. 같은 고향 사람이라면 누구나 자기를 위하여 몸소 방벽을 쌓아 주는 형제 그리고 평생 물심을 기울여 거기에 감사하는 형제였다. 단합! 단합! 가슴에 가슴을 맞대고, 민족의 윤무, 피, 이젠 더 이상 육신의 보잘것없는 순환에 갇히지 않고 감미롭게 구르며, 하지만 다시 돌아와서 끝없는 중국을 두루 누비며.

이로써, 그러니까 부분 축조 체제는 이해가 된다, 하지만 아마도 다른 이유들이 또 있었을 터다. 내가 이 물음에 이렇듯 오래 지체하는 것도 이상한 일은 아니다. 이는 언뜻 보면 소소해 보일지 모르지만, 실은 장성 축조의 전체를 아우르는 핵심적 물음인 것이다. 내가 저 시대의 생각과 경험 들을 전달하고 이해시키고자 한다면, 바로 이 문제를 아무리 깊게 뚫고 들어가도 충분하지 않을 것이다.

우선 말해야 할 것은 아마도 당시에 바벨탑의 축조에 별로 뒤지지 않는, 아무래도 신의 마음에 드는, 적어도 인간의 헤아림으로는, 바로 저 탑과 정반대를 이루는 업적이 완성되었다는 점이리라. 내가 이것을 언급하는 것은 축조 시작 무렵에 어떤 학자가 이 두 사건의 여러 가지 부분을 매우 정확하게 비교해 가며 책 한 권을 썼기 때문이다. 학자는 그 책에서 바벨탑 축조가 결코 널리 주장되고 알려진 이유들 탓에 목표에 도달하지 못한 것이 아니라, 적어도 그렇게 된 근본적인 이유가 이미 알려진 이유들 가운데 있지 않다는 점을 증명해 보이려고 했다. 그의 증명들은 기록과 보고로만 이루어지지 않았다. 그는 현지 탐사까지도 하여, 탑은 기반이 약해서 무너졌으며 무너질 수밖에 없었다는 사실을 발견했다. 아무튼 이 점에서 우리 시대는 저 오랜 옛 세대보다 훨씬 우월했다. 교육받은 동시대인이라면 거의 누구나 전문 미장이였고, 기초를 놓는 문제에서도 오류가 없었다. 그러나 그 학자는 이 점을 전혀 목표로 삼지 않았고 장성이, 인류 역사상 처음으로, 새로운 바벨탑을 위한 확실한 기초를 마련해 주리라 주장했다. 그러니까 장성이 먼저고, 탑은 그다음이라는 것이다. 그 책은 당시에 만인의 수중에 있었다. 그러나 나는 오늘까지도 사람이 어찌하여 이러한 탑을 생각해 냈는지 정확하게 이해하지 못하겠음을 고백하는 바다. 하나의 원(圓)이기는커녕, 다만 일종의 4분의 1 원 혹은 반원을 이루었던 장벽이 탑의 기초가 된다고? 다만 정신적인 관점에서만 그런 의미였을 수 있었다. 그렇다면 그럼에도 실제로 엄연히 있는 무엇, 수십만의 노력과 삶의 결과인 장성은 무엇 때문에 쌓았단 말인가? 그리고 무엇 때문에 그 공사에선 수많은 도면들, 아무렴 안개에 싸인 탑의 도면들이 그려졌으며, 힘찬 새 공사에서는 인력을 어떻게 어찌어찌 집중시켜야 한다고 세부에 이르기까지 온갖 제안이 나왔단 말인가.

당시에는 ── 이 책은 다만 하나의 예일 뿐 ── 숱한 두뇌들 사이에서 혼란이 빚어졌으니 아마도 바로 그 많은 사람들이 하나의 목적에 정신을 쏟았기 때문일 터다. 인간적 본질이란, 날리는 먼지의 본성처럼 그 바탕에서 가벼워, 속박을 견디지 못하는 법이니, 스스로를 묶어 놓으면 머잖아 미친 듯이 그

족쇄를 마구 흔들어 대기 시작한다. 따라서 장벽, 사슬 그리고 자기 자신마저도 천지 사방으로 짓찢어 흩뜨리고 말 것이다.

또한 작업 수행에 관한, 심지어 장성 축조에 반하는 이러한 의심은 부분 축조를 하기로 확정했을 때 줄곧 고려되지 않았을 수도 있다. 우리는 — 나 스스로 여기서 많은 사람의 이름으로 이야기하고 있는 것 같으나 — 실은 최상급 지휘부의 지시들을 받아 적으면서 비로소 서로를 알게 되었다. 그리고 지휘부가 없었더라면 우리가 학교에서 얻은 지식도 우리의 인지(人智)도 커다란 전체 안에서 우리가 맡은 작은 직책에조차 미치지 못했으리라 느꼈다. 지휘 본부 안에서는 — 그것이 어디에 있으며 누가 거기 앉아 있는지는, 내가 물어본 그 누구도 몰랐다, 이전에도 지금도 — 아마도 이 방 안에서 인간의 모든 사고와 소망들이 맴돌았을 것이며 또한 인간의 모든 목표와 성취가 대립원을 그렸을 터다. 그러나 유리창을 통해 신들의 세계의 반사광(反射光)이 도면들을 그리고 있는 지휘부의 손등 위로 내렸다.

그렇기 때문에 지휘부가 진정으로 하고자 했더라도 일관성 있는 장성 축조를 막는 저 난점들을 극복할 수 없었으리라는 점은 매수되지 않은 관찰자라면 도무지 이해할 수 없으리라. 남는 것은, 그러니까 지휘부가 일부러 부분 축조를 꾀했다는 추론뿐이다. 또 남는 것은 지휘부가 무엇인가 당찮은 것을 의도했다는 추론이리라. 기묘한 추론이다! — 확실히, 그래도 그것은 다른 측면에서 그 자체를 뒷받침하는 여러 근거를 지닌다. 오늘날이라면 아마도 위험 없이 이 이야기를 할 수 있을 것이다. 당시에는, 자신의 모든 힘을 기울여 지휘부의 지시 사항들을 이해하려 애쓰고, 그러나 다만 일정 한계까지만, 그리고 그다음에는 골똘히 생각하기를 그치라는 것이, 많은 사람들의, 심지어 가장 훌륭한 사람들의 비밀스러운 원칙이었다. 매우 현명한 원칙이다. 어쨌거나 그것은 후일 자수 반복된 비유 가운데서 또 하나의 확대 해석을 발견하는데, 그것이 너에게 손해를 끼칠 수도 있기 때문에 그러한 것은 아니다. 그냥 계속 골똘히 생각하기를 그쳐라, 그러는 것이 너에게 손해를 끼치리라는 점 또한 전혀 확실하지 않잖은가. 여기서는 도무지 손해니, 손해가 아니니 하는 이야기를 할 수가 없다. 너는 그것을 그저 겪을 것이다. 강이 봄에 그러하듯 강물은 불고 거세져, 그 긴 양쪽 둑 가에 펼쳐진 땅에 보다 힘차게 자양분을 주고, 자신의 본질을 멀리 대양 속으로 지니고 가서 대양에 한결 동등해지고 더욱 환영받게 되는 법. 거기까지만 지휘부의 지시 사항들을 생각해 보라. 그걸 넘어서면 강물은 그 둑을 넘고 윤곽과 모습을 잃어버리며, 그것의 범람을 늦추고 그 천명에 어긋나게 내륙 안에다 조그만 바다를 이루리라. 농토를 손상시키면서도 이 확산을 영구히 지탱하지는 못하며 다시 그 강둑 안으로 섞여 들어가고, 심지어는 실로 뒤이어 오는 뜨거운 계절에 비참하게 말라 버리고 말지 않는가. ── 지휘부의 지시 사항들을 거기까지는 생각해 보지 말라.

그런데 이런 비유는 장성 축조 동안에는 비상하게 적중했을지도 모르지만 나의 현재 보고에 대해서는 적어도 다만 한정적으로 유효하다. 나의 연구는 역사적 연구의 한 가지 사례일 뿐이니. 뇌우를 품은 구름이 지나간 지 벌써 한참이 되었는데도 번개가 치지 않으면 나는 거기서 그 당시 사람들이라면 만족하고 말았을 것을 넘어서는, 부분 축조에 대한 해명 한 가지를 찾아내리라. 나의 사고 능력이 나에게 그어 놓은 한계는 실로 충분히 협소하지만 여기서 가로질러 달려갈 수 있는 영역은 무한이다.

장성이 막아 주는 건 누구라는 말인가? 북방 오랑캐들이다. 나는 중국 남동부 출신이다. 남동부에서는 북방 오랑캐가 우리를 위협할 리 없다. 우리가 옛사람들의 책자들에서 북방 오랑캐에 관한 내용을 읽노라면 그들이 본성에 따라 자행하는 잔혹한 행위들이 평화로운 정자에 있는 우리들을 탄식하게 한다. 화공들이 있는 그대로 그린 그림들에서 우리는 그 저주받은 얼굴들을 본다. 아가리, 날카로운 이빨들이 삐죽삐죽 솟은 턱, 아가리가 짓찧고 으스러뜨릴 약탈물을 벌써 사납게 흘겨보는 듯한 찡그린 눈들을.

어린아이들이 말을 안 들을 때면 우리는 이 그림들을 들이대고, 그러면 애들은 금방 울음을 터뜨리며 날 듯이 품 안으로 뛰어든다. 그러나 우리는 이 이상으로 이 북방인들에 대해 알지 못한다. 그들을 본 적도 없거니와 우리는 이곳 마을에만 내내 있으니 앞으로도 결코 보지 못할 것이다. 그들이 거친 말을 타고 똑바로 우리를 향하여 휘달려 온다 하더라도 너무도 광활한 대지가 그들로 하여금 우리에게까지 오지 못하게 한다. 달리고 달리다가 그들은 길을 잃어 허공으로 가 버리고 말리라.

사정이 그러한데, 그렇다면 왜, 우리는 고향을, 강물과 다리들을, 어머니와 아버지를, 눈물 흘리는 아내를, 가르쳐야 할 아이들을 버리고 먼 도시의 학교로 갔으며 우리들의 생각은 아직도 계속 북쪽의 장성 곁에 머무르는가? 왜? 지휘부에 물어보라. 지휘부가 우리를 잘 알고 있다. 엄청난 근심들을 이리저리 뒤집어 보는 지휘부는 우리에 관해 알고 있으며, 우리들의 소소한 생업을 익히 알고 우리들이 모두 낮은 오두막집에 모여 앉아 있는 것을 보며 저녁에 가장이 식구들과 둘러앉아 드리는 기도를 마음에 들어 하기도 하고 들어 버거 않기도 한다. 그리고 지휘부에 대해 그러한 생각을 감히 품어도 된다면 꼭 말하고 싶은 것은, 내 생각에 따르면 지휘부는 예전에 존속했으나 벌써 모이지는 않았다는 점이다. 대략 청조(淸朝)의 고관들은 아침의 길몽에 자극받아, 황급히 회의를 소집하여 황급히 결정하고, 저녁이면 벌써 이 결정 사항들을 수행하기 위해 북을 울려 백성들을 잠자리에서 깨우듯이. 결정 사항이라는 것이 비록 어제 그 양반들에게 호의를 보인 어떤 신을 기리기 위해 등화(燈火) 장식을 준비시키려는 것이라 할지라도 말이다. 그러고는 아침에 그 등화들이 꺼지자마자, 어두운 구석에서 그들을 마구 때리듯이. 아니 지휘부는 아마도 고래(古來)로 혹은 장성 축조 결정 이래로 똑같이 존속하였을 터다. 그것을 야기했다고 믿었던 죄 없는 북방 오랑캐들, 자기가 그것을 지시했다고 믿는 존경할 만한 순진한 황제. 우리가 장성 축조에 관해 아는 것은 다르지만, 우리는 침묵한다.

장성 축조의 당시에 벌써 그리고 그 후 오늘날까지 거의 전적으로 여러 민족의 역사를 비교하는 데에 골몰하다 보니 — 이러한 수단으로써만 어느 정도 핵심에 접근할 수 있는 특정한 물음들이 있다. — 우리 중국인들은 어떤 몇몇 국민적 및 국가적 기구들은 비할 바 없이 투명하게, 또 다른 몇몇 기구들은 비할 데 없이 불투명하게 소유하고 있음을 발견하였다. 그 이유들, 특히 후자의 현상을 불러일으키는 이유들을 추적해 보는 일은 늘 나의 마음을 끌었으며 아직도 계속 나의 마음을 끌고 있다. 장성 축조 또한 본질적으로 이 물음들에 관계돼 있다.

그런데 우리들의 저 불투명성을 극대화한 기구의 하나가 황정(皇政)이다. 북경에서야 물론, 더군다나 궁정 사회 안에서라면 약간의 투명함이 있긴 하다. 그것이 비록 현실적이라기보다는 외관상으로만 그럴지라도. 최상급 학교의 국가법 선생들, 역사 선생들 정도면 이런 문제에 대해 자세하게 교육받았으며 이 지식을 학생들에게 전수할 수 있다고 내세운다. 아래 단계의 학교로, 밑으로 내려가면 내려갈수록 점점 더 자신의 앎에 대한 회의는 현저하게 사라지고, 수세기를 두고 사람들의 머리에 때려 박아 넣은 몇 안 되는 명제들을, 영원한 진실성은 조금도 상실하지 않았으나 이렇게 향연(香煙)과 안개에 싸여 또한 영원히 미지의 것일 수밖에 없는 그것들을 둘러싸고 얼치기 교육이 태산같이 넘실거린다.

그러나 나의 의견으로는 황정이야말로 백성에게 물어야 마땅할 것 같다. 황정도 그것의 마지막 버팀목은 백성에게 있으니 말이다. 아무튼 여기서는 다시 나의 고향 이야기만을 할 수 있겠다. 농신(農神)들과 연년세세 그토록 변화무쌍하고 아름답게 이루어지는 그들에의 경배를 제외하면 우리들의 생각은 오로지 황제를 향한다. 그러나 현재의 황제를 향한 것은 아니다, 아니 어쩌면 현재의 황제를 향한 것일지도 모른다. 만약 우리가 지금 황제의 얼굴을 안다거나 그에 대한 확실한 정보를 안다면 말이다. 우리는 물론 ── 우리가 채운 유일한 호기심이었다. ── 그런 종류의 무엇인가를 알려고 노력했으나, 아주 이상하게 들리겠지만, 무슨 이야기를 듣는 것은 거의 불가능했다. 여러 곳을, 가까운 마을들이나, 먼 마을들이 아니라, 많은 나라들을 두루 돌아다닌 순례자들에게서도 들은 바 없고, 우리의 작은 강뿐만 아니라 신성한 대하(大河)들을 항해하는 사공들에게서도 듣지 못했다. 듣기는 많이 듣는데도 들은 그 많은 것 중에서 아무것도 취할 게 없었다.

　우리 땅은 워낙에 넓다. 동화도 그 크기에는 미치지 못하고, 하늘도 그걸 다 덮기가 어려우니 ─ 북경은 다만 하나의 점 그리고 황성은 한층 더 작은 점일 뿐이다. 황제 자체는, 아무튼 다시금 세계의 모든 층을 뚫고 우뚝 솟아 있다. 그러나 살아 있는 황제, 우리와 같은 한 인간은 우리들과 비슷하게, 넉넉하게 제작하기는 했을 테지만 아마도 좁고 짧을 따름일 하나의 휴식용 침상에 누워 있다. 우리처럼 그도 이따금씩 사지를 뻗고, 몹시 피곤하면 예쁘장한 입으로 하품을 한다. 그런데 우리가 그 이야기를 어떻게 듣는단 말인가, ─ 수천 마일 남쪽에서 ─ 우리는 거의 티베트 고원에 접경해 있는데, 그 밖에도 무엇이든 새 소식이, 설령 그것이 우리에게까지 오더라도, 늦어도 너무 늦게 올 테고, 이미 오래전에 낡아 버렸으리라. 황제 주위에는 번쩍이는, 그러나 정체가 불분명한 궁정의 무리 ─ 시종과 친구의 옷을 입은 악의(惡意)와 적의(敵意)가 쇄도한다. 황정의 독화살들로 황제가 위치한 저울접시에서 황제를 쏘아 떨어뜨리려고 항시 애쓰는 황정의 적대 세력 말이다. 황정은 불멸이다. 그러나 황제 하나하나는 쓰러지고 추락한다. 드디어 왕조 전체가 침몰하여 오로지 그르렁거림으로써 잠깐씩 숨을 돌린다. 이러한 투쟁과 병고(病苦)의 이야기를 백성들은 결코 듣지 못한다. 너무 늦게 온 사람들처럼, 도시가 서먹서먹한 사람들처럼, 그들은 사람이 빽빽하게 들어찬 옆 골목 끝에서 조용히 싸 온 음식을 먹어 가며 서 있다, 멀리 저 앞쪽 광장 한가운데서 그들 주인의 처형이 이루어지는 동안에.

　이러한 관계를 잘 표현한 설화가 있다. 황제가 — 그랬다는 것이다. — 그대에게, 한 개인에게, 비천한 신하, 황제라는 태양 앞에서 가장 머나먼 곳으로 피한 보잘것없는 그림자에게, 바로 그런 그대에게 황제가 임종의 자리에서 한 가지 전갈을 보냈다. 황제는 사자(使者)를 침대 곁에 꿇어앉히고 전갈의 내용을 그의 귓속에 속삭여 주었는데, 그 일이 황제에게는 워낙 중요해서 다시금 자기 귀에다 되풀이하게끔 했다. 머리를 끄덕임으로써 자기가 한 말의 착오 없음을 확인했다. 그리고 황제의 임종을 지키는 모든 사람들 앞에서, — 장애가 되는 벽들을 허물고 넓고도 높은 만곡형 노천 계단 위엔 제국의 강자들이 서열별로 서 있다. — 이 모든 사람들 앞에서 황제는 사자를 떠나 보냈다. 사자는 즉시 길을 떠났다. 그는 지칠 줄 모르는 강인한 남자로 이리저리 팔을 번갈아 앞으로 뻗쳐 가며 사람의 무리를 헤쳐 길을 트는데, 제지를 받으면 태양 표지가 있는 가슴을 내보인다. 그는 역시 다른 누구보다 수월하게 앞으로 나아간다. 그러나 사람의 무리는 아주 방대하고, 그들의 거주지는 끝나지 않는다. 벌판이 열린다면야 그는 날듯이 달려올 텐데, 곧 그대의 문에 그의 두 주먹이 두드리는 멋진 소리가 들려올 텐데. 그러나 그는 그러는 대신 속절없이 애만 쓴다, 아직도 그는 가장 깊은 내궁의 방들을 힘겹게 지나고 있는데, 결코 그 방들에서 벗어나지 못할 테고, 설령 그 방들에서 벗어나더라도 아무런 득이 없을 것이니 계단을 내려가기 위해 그는 또 싸워야 할 터다. 설령 싸움에 이긴다 해도 아무런 득이 없을지니 뜰을 지나야 할 것이고, 뜰을 지나면 그것을 빙 둘러싼 또 다른 궁전이 있고 다시금 계단들, 궁전들이 있고, 또다시 궁전이 있는 식으로 계속 수천 년을 지내고 마침내 가장 바깥쪽 문에서 뛰쳐나온다면 ─ 그러나 결코, 결코 그런 일은 일어날 수 없다. ─ 비로소 세계의 중심, 그 침전물이 높다랗게 퇴적된 왕도가 그의 눈앞에 펼쳐질 것이다. 그 어떤 자도 여기를 통과하지는 못한다, 심지어 고인의 전갈을 가지고 있더라도 말이다. ─ 그런데도 그대는 그대의 창가에 앉아 저녁이 오면 그 전갈을 꿈꾼다.

꼭 그렇게, 그렇게 희망 없고 또 그렇게 희망에 차서, 우리 백성은 황제를 본다. 어느 황제가 통치하는지는 모른다, 또한 왕조의 이름마저 확실하지 않다. 학교에서는 그 비슷한 많은 것을 순서대로 배웠지만 이 점에 있어서는 너나없이 워낙 불확실하다 보니 최우수 학생마저도 불확실에 휩쓸린다. 이미 오래전에 죽은 황제들이 우리 마을들에선 왕좌에 앉혀지고, 노래 속에나 살아 있는 이가 방금 포고를 내려, 사제가 그것을 제단 앞에서 읽어 준다. 우리 태고사(太古史)의 전투들이 지금에야 진행되니, 이웃 사람이 상기된 얼굴로 그 소식을 가지고 네 집으로 뛰어든다. 황제의 아내들, 비단 금침에 묻혀 지나치게 호식하는 교활한 환관들이 고귀한 법도를 해쳤다. 지배욕에 부풀고, 탐욕에 들뜨고, 음탕하기로 널리 알려진 그네들은 여전히 새로이 거듭거듭 자신들의 비행을 자행한다. 시간이 이미 많이 지났으나 더 지날수록 모든 색채는 더욱 끔찍하게 빛을 발하니, 수천 년 전의 어느 왕비가 남편의 피를 쭉쭉 들이켰다는 이야기를 언젠가 마을 사람들은 큰 비명을 질러 대며 듣게 된다. 그러니까 백성들은 그렇게 과거의 군주들을 대하고, 현재의 군주들은 죽은 사람들 가운데 섞는다. 한 번, 일대(一代)에 한 번, 지방을 순회하는 황제의 관리가 우연히 우리 마을에 오면, 그는 조세 명부를 검사하고, 학교 수업을 참관하고, 사제에게 우리들의 행적을 물은 다음, 그 모든 것을, 자기 가마에 오르기 전에 긴 훈계조로 모여든 지역 사람들에게 요약해 이야기한다. 그러면 모두가 얼굴 위로 웃음을 띠었는데, 어떤 이는 다른 사람들을 힐끗힐끗 훔쳐보며 관리의 감시하는 시선을 피하려고 아이들에게로 몸을 숙인다. 관리가 어떤 죽은 사람의 이야기를 하든 산 사람의 이야기를 하든 간에 사람들은 생각한다. 이 황제는 벌써 오래전에 죽었고 왕조는 해체되었으며 관리께서는 우리를 놀린다고, 그러나 우리는 그의 마음이 상하지 않도록 부러 못 알아차린 척한다고, 그러나 우리가 진지하게 복종해야 할 사람은 오직 우리들의 현재 주인뿐이리라. 다른 모든 것은 죄를 범하는 일일 테니까. 그리고 서둘러 떠나는 관리의 가마 뒤에서 벌써, 누구든, 그 어떤 깨진 유골 항아리에서 멋대로 일으켜진 자가 마을의 주인이라고, 발을 구르며 일어난다.

비슷하게 우리 사람들도 보통 국가적 격변들이나 동시대 전쟁에 의해선 별로 타격을 받지 않는다. 여기서 나는 내가 젊은 시절에 겪은 사건 하나를 회상한다. 어떤 이웃, 그래도 꽤 멀리 떨어진 고장에서 폭동이 일어났다. 그 이유는 이제 생각이 나지 않는 데다 또한 중요하지도 않은데, 그곳에서는 폭동을 일으킬 까닭들이 아침마다 생긴다. 흥분한 백성 탓이다. 그런데 한번은 봉기자들의 인쇄물 한 장을, 그곳을 지나온 거지가 우리 아버지의 집으로 가져왔다. 마침 노는 날이어서 손님들이 우리 집 방들을 채웠고, 그 한가운데에 사제가 앉아 그 인쇄물을 연구하였다. 갑자기 모두가 웃기 시작했고, 그 종이는 무리 속에서 짓찢겼다. 벌써 넉넉하게 대가를 받은 거지는 방 밖으로 걷어차여 쫓겨났고, 모두는 좋은 날을 맞으러 뿔뿔이 흩어져 갔다. 왜 그랬을까? 이웃 지방의 사투리는 우리의 것과 전혀 다르고 그것 역시 문어(文語)의 어떤 형태로 표현되는데, 이는 우리들에게 고색창연한 느낌을 준다. 그런데 사제가 그런 글을 읽었으니 두 면도 미처 읽기 전에 사람들은 이미 결단하였던 것이다. 옛날부터 들은, 과거에 체념한 케케묵은 소리들이라고. 그리고 ─ 회상하다 보니 내게는 그렇게 보인다. ─ 비록 그 거지의 행색에서 비참한 생활상이 반박의 여지 없이 드러나기는 했지만, 사람들은 웃으면서 고개를 가로 젓고 아무 말도 더 들으려 하지 않았다. 그렇게 우리 사람들은 현재를 지워 없앨 준비가 되어 있는 것이다.

그러한 제반 현상으로 보아 근본적으로 황제가 전혀 없다고 추론하더라도 진실에서 썩 멀지는 않으리라. 거듭거듭 굳이 말하노니 아마 남쪽에 있는 우리들처럼 황제에게 충성하는 백성도 없을 것이다. 그러나 그 충성은 황제에게 도움이 되질 않는다. 동네 어귀 밖의 작은 기둥 위에는 상서로운 용이 있는데, 충성을 표하며 개벽 이래 정확하게 북경 방향으로 불을 뿜고 있다. ─ 그러나 마을 사람들에게는 북경 자체가 피안의 삶 이상으로 낯설다. 눈길이 미치는 우리 마을 언덕보다 더 멀리, 들판을 뒤덮을 정도로 집과 집이 잇닿아 즐비하게 늘어서 있으며 이 집들 사이로 밤이나 낮이나 사람들이 빽빽이 들어차 있다니, 그런 고을이 정말로 있을 수 있단 말인가? 그런 도시를 상상해 보는 일보다 북경과 그 황제가 하나라고 믿는 편이 우리들에게는 더 쉽다, 그들은 시간의 흐름에 따라 조용히 태양 아래서 그 모습을 바꾸어 가는 구름 같은 것이라고 말이다.

그러한 생각들의 결과는, 그런데 어느 정도 자유로운, 제어되지 않은 생활이다. 그러나 결코 도의가 부재하는 건 아니니, 나의 고향에서와 같은 정결한 도의를 나는 다른 곳들을 돌아다니면서는 거의 본 적이 없다. — 그렇지만 현재의 법 아래에 있지 않고, 다만 옛 시대로부터 우리에게로 건너온 지시와 경고에만 속한 생활이다.

나는 일반화를 삼가며 우리 지방의 수만 개 고을들 모두에서 혹은 심지어 중국의 오백 개 지방 모두에서, 사정이 그러하다고는 주장하지 않겠다. 그러나 어쩌면 이 대상에 대해 내가 읽은 많은 문서들을 토대로, 그리고 내 자신의 관찰들을 토대로 삼는다면, — 특히 장성을 축조할 당시엔 소요된 총인원이 많았던 만큼, 사람에 따라서는 거의 온갖 지방의 사람들을 겪으며 여행할 기회가 주어졌다. — 그 모든 것을 바탕으로 한다면, 아마도 내가 말해도 좋으리라, 황제에 관한 지배적인 생각은 늘 거듭 그리고 어디서나 나의 고향에서의 견해와 어느 정도 공통점을 보인다고. 그런데 나는 그 견해를 어디까지나 미덕으로 인정하려는 게 아니라 그 반대다. 그것은 주로 지상의 가장 오래된 제국에서 오늘날에 이르기까지, 황정의 기구들이 제국의 가장 먼 변경에서까지 직접 부단히 영향력을 행사할 수 있을 정도의 투명함을 지니도록 훈련시킬 능력이 없었거나 다른 일 탓에 이를 소홀히 한 정부에 의해 초래되었다. 그렇기는 하지만 다른 한편으로는 백성들 쪽에도 상상력 혹은 믿는 힘에 있어 하나의 약점을 지녔으니 그들은 황정을 북경의 쇠락에서 끌어내어, 생동감 넘치도록 현재 안에서, 자신의 충직한 황민의 가슴으로 끌어당기려고 하질 않는다. 그러면서도 언젠가 한번 이런 접촉을 느껴 보고, 그로써 죽으면 더 바랄 게 없다는 그 가슴으로.

그러니까 이런 견해가 미덕일 수는 없을 터다. 그래서 그
만큼 더 눈에 띈다. 바로 이 약점이야말로 우리 민주의 가장
중요한 결합 수단 중의 하나인 듯 보인다. 그렇다, 감히 그렇
게까지 표현해도 된다면 이게 바로 우리가 발을 딛고 사는 바
닥이다. 여기서 흠 하나를 가지고 그 근거를 소상히 밝히는 건
우리의 양심이 아니라, 훨씬 고약하게, 우리들의 두 다리를 흔
드는 일이다. 그리고 그렇기 때문에, 나는 이 물음에 대한 연
구를 당분간 진척시키지 않겠다.

프로메테우스

프로메테우스에 관해서는 네 가지 전설이 있으니 그 첫째에 따르면 인간들에게 신의 비밀을 누설하였기 때문에 그는 코카서스 산에 쇠사슬로 단단히 묶였고 신들이 독수리를 보내 자꾸자꾸 자라는 그의 간을 쪼아 먹게 하였다고 한다.

둘째에 의하면 프로메테우스는 새의 부리가 쪼아 대는 고통 때문에 점점 깊이 바위 쪽으로 몸을 눌러 넣었고 마침내 바위와 하나가 되었다고 한다.

셋째에 따르면 수천 년이 지나는 사이, 그의 배반은 잊혀 신들도 잊었고, 독수리도, 그 자신도 잊어버렸다고 한다.

네 번째에 의하면 한도 끝도 없이 반복되는 일에 사람들이 지쳤다고 한다. 신들이 지치고, 독수리가 지치고, 상처도 지쳐 아물었다고 한다. 끝내 남은 것은 도무지 설명할 수 없는 바위산이다. ─ 전설은 설명할 수 없는 것을 설명하려 한다. 전설이란 진실의 바탕에서 비롯되는 것이므로, 전설은 다시금 설명할 수 없는 것 가운데서 끝나야 한다.

일상의 당혹

늘 있는 사건 하나. 그것의 감내, 일상적인 당혹 한 가지.

A는 H 출신 B와 중요한 사업을 매듭지어야 한다. 그는 예비 협의를 하러 H로 가는데, 왕복하는 데 각각 십 분이 안 걸렸고 집에 와서는 이 특별한 신속함을 자랑한다. 다음 날 그는 다시 H로, 이번에는 사업의 최종적인 마무리를 위하여 간다. 그 일을 하는 데에 몇 시간은 걸리리라 예상해서 A는 새벽같이 떠난다. 그러나 모든 부수적인 상황들이, 적어도 A의 생각으로는, 전날과 조금도 다름없는데도 이번에는 H로 가는 데 열 시간이나 걸린다. 지칠 대로 지쳐 그가 저녁에 H에 도착하자 사람들이 그에게 말하기를 B는 A가 오지 않는 데 화가 나서 반 시간 전에 A를 만나러 A의 마을로 갔으니, 사실은 그들이 도중에서 만났어야 하리라는 것이다. 사람들은 A에게 기다리라고 충고한다. 그러나 A는 사업이 걱정되어 즉시 떠나 서둘러 온 길을 되돌아간다. 이번에는 특별히 신경 쓰지 않았는데도, 같은 길을 순식간에 간다. 집에 와서 그가 들은 이야기로는 B 역시 A가 떠나자마자 곧바로 H에 왔는데, 대문에서

A를 마주쳐, A에게 사업을 상기시켰건만 A는 자기에게 지금 시간이 없다고, 지금 서둘러 가야 한다고 했다는 것이다.

　A의 이러한 이해할 수 없는 태도에도 불구하고 B는 그래도 A를 기다리려고 여기 머물렀다. 그사이 A가 되돌아오지 않았느냐고 벌써 여러 차례 물었으나 아직도 위층 A의 방에 있다는 것이다. 이제라도 B와 이야기하고 그에게 모든 해명을 할 수 있다는 사실에 기뻐서 A는 계단을 달려 올라간다. 위층에 거의 다 올라가던 참에 발이 걸려 비틀거리다가 그만 뒤꿈치 근육에 열상(裂傷)을 입어 고통으로 까무라칠 지경이 된다. 비명조차 지르지 못하고 어둠 속에서 다만 끙끙거리고만 있는데, B가 — 아주 멀리에서인지, 바짝 그의 곁에서인지는 분명하지 않으나 — 화가 나서 계단을 쾅쾅 디디며 내려가 영영 사라지는 소리가 그의 귀에 들린다.

판결

— 펠리체 B.를 위하여

절정을 이룬 봄 어느 일요일 오전이었다. 젊은 사업가 게오르크 벤데만은 강물을 따라 길게 늘어선, 단순하게 지어 놓아 거의 높이와 빛깔에 의해서만 구별할 수 있는 야트막한 집들 가운데 한 채의 2층에 위치한 자기 방에 앉아 있었다. 그는 외국에 나가 있는 어린 시절의 친한 친구에게 보내는 편지를 막 끝내고 나서 장난하듯 천천히 봉하고는 팔꿈치를 책상에 괸 채로, 창 너머로 강물이며 다리 그리고 연한 녹색을 띤 강 건너편 언덕을 바라보았다.

이 친구가 집에서 지내는 데에 만족하지 못해서 여러 해 전에 이미 러시아로, 그야말로 도피를 한 사실에 대해 곰곰이 생각해 보았다. 지금 그는 페테르부르크에서 사업을 하고 있는데 그 친구가 어쩌다 뜸하게 고향을 찾아와서 탄식하는 바로는, 처음 시작은 아주 잘되었으나 벌써 오래전부터 침체된 듯싶었다. 그렇게 그는 낯선 곳에서 소득도 없이 지치도록 일하다 보니, 외국풍의 터부룩한 수염도 어린 시절부터 익히 아는 그 누런 색깔의 병색을 나타내는 듯한 얼굴을 제대로 가려

주지는 못했다. 그가 이야기하는 바로는 그곳에 사는 동향인 거류민과는 별로 연락하지 않았고, 또한 그 고장 사람의 가정들과도 거의 사교적인 교류를 하지 않았으니, 결국 그렇게 결정이 나 버린 총각 생활을 그 나름대로 해 오고 있었다.

그런 사람, 명백히 궤도에서 벗어나 버렸고, 딱하기는 해도 도울 수 없는 사람에게 무슨 말을 쓴단 말인가. 어쩌면 그에게 다시 집으로 돌아와 그 자신의 생활 터전을 이리로 옮겨 옛날의 친구 관계를 다시 — 장애가 있는 것도 아니니 — 회복하여 어쨌든 친구들의 도움에 매달려 보라고 권해야 할 것인가. 그러나 그렇게 한다면 그것은 그를 더욱 아껴 주는 처사이기는 하지만 동시에 그만큼 그를 더 모욕하며, 그의 지금까지의 시도들이 실패했으니 이제는 다 집어치우고 돌아와 어디까지나 되돌아온 자로서 모든 사람들의 놀란 눈총을 받아야 마땅하다고 말하는 것이리라. 그뿐 아니라 친구들만은 대략 이해하고 있으니 그에게 집에 머물러 있으면서 성공한 친구들이 하라는 대로 그저 따라야 하는 늙은 어린아이에 불과하다고 말해 주는 것과 다를 바 없다. 그렇게 되었을 때 아마 사람들이 그에게 가할 게 틀림없는 모든 고통에 과연 무슨 목적이 있으리라고 확신할 수 있을까? 어쩌면 그를 집으로 데려오는 일은 결코 이루어지지 않을 것이고 — 그 자신이 고향 사정을 이제는 통 모르겠노라고 말했다. — 그런 만큼 그는 아무리 사정이 나빠도 충고의 말들에 기분이 상해서 친구들과는 한 치 더 멀어진 채로 그 타향에 머물러 있을지도 모른다. 그러나 그가 정말로 충고에 따라 여기에 — 물론 의도적으로가 아니라 사실에 의해 — 주저앉는다면 친구들 속에서도 그리고 친구들이 없어도 어찌할 바를 모를 테고, 수치에 시달릴 것이며, 그때 가서는 정말이지 고향도 친구도 없어져 버릴 테니 그를 위해서는 그대로 타향에 머물러 있는 편이 낫지 않을까. 어떻게 그런 상황에서 여기로 와 있는다고 그의 형편이 실제로 좀 나아지리라 생각할 수 있을까?

이러한 이유들 때문에, 비록 편지 왕래나마 제대로 유지하고 싶었지만, 아주 먼 관계의 사람에게도 스스럼없이 할 수 있을 그런 곧은 말을 그에게는 할 수가 없었다.

친구는 벌써 삼 년 이상을 고향에 들르지 않았고 그 까닭을 매우 궁색하게도 러시아의 불안정한 정치적 상황으로 설명했는데, 그의 말에 따르면 소규모의 실업인이 잠깐 출국하는 것조차 허락하지 않는다고 한다. 다른 한편으로는 러시아인 수십만 명이 유유히 세계를 돌아다니고 있는데도 말이다. 그러나 이삼 년이 지나는 동안 바로 게오르크에게도 많은 것이 달라졌다. 두 해쯤 전에 있었던 어머니의 죽음, 그 이래로 게오르크가 늙은 아버지와 함께 산다는 이야기를 그 친구도 전해 들은 듯 한번은 편지에서 건조하게 조의를 표했다. 건조했던 이유는 오로지 그런 사건에 대한 슬픔을 객지에서는 도저히 상상할 수 없었다는 데 있었을 터다. 그런데 게오르크는 그 무렵부터 다른 모든 사람들과 마찬가지로 사업에도 대단한 결심으로 달려들었다. 아마도 아버지는 어머니가 살아 계셨을 때엔 사업에 있어서 자신의 견해만 관철시키려 함으로써 게오르크가 진정 독자적으로 행동하는 것을 방해했던 듯싶고, 어쩌면 아버지는 어머니가 돌아가신 후에도 여전히 사업에 간여하였으나 보다 소극적으로 그러했고, 어쩌면 행운이 — 그럴 공산이 매우 크기까지하다. — 보다 중요한 역할을 했다고 보아야 할 것이다. 어쨌든 가게는 이 이 년 동안 전혀 예상 밖으로 발전해서 종업원을 두 배로 늘려야 했고, 매상은 다섯 배로 늘어났다. 앞으로도 의심의 여지 없이 더 나아질 것이다.

그러나 친구는 이러한 변화를 꿈에도 몰랐다. 전에 마지막으로, 아마도 저 조의를 표한 편지에서 그는 러시아로 이민해 오라고 게오르크를 설득하려 했었고 페테르부르크에다 게오르크의 사업 지부를 낼 경우의 전망을 소상히 적어 보냈다. 그 수치들은 게오르크의 현재 사업 규모에 비하면 보잘것없었다. 그러나 게오르크는 친구에게 자기 사업의 성공에 대해 쓸 기분이 아니었고, 지금 와서 뒤늦게 그런다면 정말이지 이상해 보이리라.

그래서 게오르크는 친구에게 언제나 한가한 어느 일요일, 곰곰이 생각해 보면 기억 속에 두서없이 쌓인 듯한 별 뜻 없는 사건들에 대해서만 쓰고 말았다. 다름 아니라, 그는 친구가 그 긴 시간 동안 고향에 대해 가졌을지도 모르는, 일단 그것만으로 만족하고 있을 심상을 흐리게 하지 않고 놔두고 싶었을 따름이었다. 그러다 보니 게오르크는 자기와 별 무관한 사람이, 역시 그만큼 별 무관한 처녀와 약혼했다는 사실을 상당히 띄엄띄엄 써 보낸 편지를 통해 친구에게 세 번씩이나 알려 주었고, 그러자 드디어 친구가 게오르크의 의도와는 정반대로 이 기이한 사건에 흥미를 갖게 되었던 적도 있었다.

그렇건만 게오르크가 친구에게 훨씬 즐겨 쓴 내용은, 그자신이 한 달 전에 유복한 가정의 아가씨 프리다 브란덴펠트와 약혼했다는 이야기보다는, 오히려 그런 시답잖은 일들이었다. 그는 자주 약혼녀에게 이 친구에 관해 그리고 자기가 그자와 맺고 있는 특별한 문통(文通)에 대해 이야기를 했다. "그럼 그분은 우리 결혼식에는 오지 않겠군요." 그녀가 말했다. "그래도 내겐 당신 친구 모두를 알고 지낼 권리가 있는데요.", "그에게 심적 부담을 주고 싶지는 않아." 게오르크가 대답했다. "나를 바로 이해해 줘요. 아마 그는 오게 될 거요. 적어도 나는 그렇게 믿어. 그러나 그는 강요받으면 상처 입은 듯이 느끼고, 어쩌면 나를 부러워할 거요. 서운하고 초라하게 느껴져서, 그 서운함을 털어 버리기 위해, 혼자 되돌아갈 거요. 혼자 — 그게 무슨 뜻인지 당신은 알겠소?", "네. 그럼 그 사람이 다른 방법으로 우리 결혼을 알게 될 리는 없나요?", "그렇게 된다면야 막을 수는 없지. 그러나 그 친구가 사는 방식으로 봐서 그런 일은 있기 어렵지.", "게오르크, 당신 친구들이 그렇다면 도대체 약혼 같은 건 하지 말걸 그랬나 봐요.", "그래요. 그건 우리 둘이 책임질 일이오. — 그러나 나는 지금도 사정이 달라졌으면 하고 바라는 생각 따위는 없소." 그러고 나서 그녀가 그의 입맞춤 속에 숨을 가쁘게 쉬면서도 또 "사실은 마음이 상했단 말이에요."라고 말하니, 그는 친구에게 모든 것을 알리는 일이 정말로 무해하게 여겨졌다. "나라는 위인이 그렇고, 그도 나를 그렇거니 하고 있다."라고 그는 스스로에게 말한다. "그와의 우정을 유지하는 데에 있는 그대로의 나보다 더 적합한 어떤 인간을 내게서 재단해 낼 수는 없지."

그리하여 실제로 그는 자기 친구에게, 자신이 이번 일요일 오전에 쓴 긴 편지를 통해 약혼이 성사됐다는 내용을 다음과 같은 말로 보고했다. '좋은 새 소식을 마지막까지 아껴 뒀었네. 프리다 브란덴펠트라는 아가씨와 약혼을 했다네. 자네가 떠난 지 훨씬 뒤에야 이곳으로 이주해 왔고 따라서 자네가 거의 알 리 없는 유복한 가정의 규수지. 자네에게 내 약혼녀에 대해 좀 더 자세한 이야기를 들려 줄 기회가 또 있을 테지. 내가 아주 행복하다는 것. 우리들 서로의 관계는, 자네가 이제 지극히 평범한 친구 대신에 행복한 친구를 가지게 됐다는 정도로만 다소 달라졌네. 오늘은 이걸로 만족하게. 그 밖에 나의 약혼녀는 자네에게 진심으로 안부를 전하고, 머지않아 한번 자네에게 직접 편지를 쓸 거야. 솔직한 여자 친구를 얻은 셈이지. 총각에게는 아주 무의미한 일은 아니지 않은가. 여러 가지 사정이 있어서 자네가 우리를 한번 보러 오기는 어려울 줄 알지만, 내 결혼식이야말로 온갖 잡다한 일들을 한꺼번에 쓰레기 더미로 내던져 버릴 절호의 기회가 될지도 모르겠네. 그러나 그건 어찌되었든 간에 이것저것 생각하지 말고, 그냥 자네 좋은 대로 행동하게.'

이 편지를 손에 들고 게오르크는 오래, 창을 바라보면서 책상에 앉아 있었다. 아는 사람 하나가 골목을 지나가다가 인사를 했는데도 생각은 딴 데 두고 무심히 웃었을 뿐 제대로 답례도 못 했다.

마침내 그는 편지를 호주머니에 넣고 자기 방을 나와 짧은 복도를 가로질러 벌써 여러 달째 출입하지 않은 아버지의 방으로 갔다. 여느 때엔 군이 아버지 방으로 들어갈 일이 없었다. 아버지와는 매장에서 끊임없이 마주쳤으니까, 그들 부자는 한 식당에서 같은 시간에 점심을 들었고 저녁은 각자 자기 편한 대로 차려 먹기는 했지만 그런 다음에는, 게오르크가 전에 빈번히 그랬듯 친구들과 어울리거나 요즈음 들어 그러듯 약혼녀를 찾아가는 일이 없을 때면, 각각 자기 신문을 들고 함께 사용하는 거실에 잠시 더 앉아 있고는 했다.

게오르크는 아버지의 방이 이처럼 볕 밝은 오전에조차 얼마나 어두운지를 알고 놀랐다. 어두운 그늘은 좁은 뜰 저편에 솟아 있는 담장이 던지고 있었다. 아버지는 돌아가신 어머니와 관련된 여러 가지 기념품으로 장식된 창가 한구석에 앉아 신문을 눈앞에 비스듬히 대고 읽고 계셨다. 그렇게 해서 침침해진 시력을 상쇄해 보려는 것이었다. 탁자 위에는 아침에 먹다 남은 음식이 놓여 있었는데, 많이 드신 것 같지는 않았다.

"아, 게오르크로구나." 아버지가 얼른 일어나 맞이했다. 아버지의 무거운 가운이 걷는 중에 열려, 양 끝이 주위에서 펄럭였다. ──"우리 아버지는 여전히 거인이구나." 게오르크는 속으로 중얼거렸다. 그러고 나서는

"여기는 참 견딜 수 없게 어둡군요." 했다.

"그래, 어둡긴 어둡지." 아버지가 대답했다.

"창문도 닫으셨군요."

"그러는 게 더 낫더라."

"바깥은 아주 따뜻해요." 게오르크는 후세인(後世人)이 전 시대 사람에게 말하듯 대꾸하며 앉았다.

아버지는 아침이 담긴 그릇들을 치워 장 위에 놓으셨다.

"실은 그냥 아버지께 말씀드리려 했어요." 노인의 거동을 아주 멍한 눈초리로 쫓으며 게오르크는 계속 말했다. "이제 페테르부르크로 제 약혼을 알렸다고요." 그는 편지를 주머니에서 조금 꺼냈다가 도로 떨어뜨렸다.

"어째서 페테르부르크로?" 아버지가 물었다.

"제 친구가 있거든요." 하며 게오르크는 아버지의 눈길을 찾았다. ── 매장에서는 전혀 다르신데, 하고 생각한다. 여기 떡 버티고 앉아 팔짱을 끼신 모습이라니…….

"그래. 네 친구가……." 아버지가 강조해서 말한다.

"아시잖아요, 아버지, 처음에는 그 친구한테 제 약혼을 숨기려 했던 것 아시지요. 신중을 기한 것이지, 다른 이유는 아무것도 없어요. 아버지도 아시지요. 그 친구는 어려운 사람입니다. 혼자서 생각했지요, 다른 데서 제 약혼 얘기를 들을지도 모르겠다고요, 그렇게 외롭게 살고 있으니 거의 그럴 리야 없겠지만서도요. ── 제가 막을 수는 없지요. ── 그래도 한번은 저한테서 직접 들어야지요."

"그런데 지금은 또 달리 생각을 해 보았느냐?" 아버지가 물으며 큰 신문을 창문턱에 놓고 그 위에 안경을 둔 다음 손으로 덮었다.

"네, 지금 다시 생각해 보았어요. 그가 저의 좋은 친구라면, 하고 독백을 했었지요, 저의 행복한 약혼이 그에게도 행복이리라고 말입니다. 그래서 더 이상 그 친구한테 알리는 것을 망설이지 않았어요. 그래도 우체통에 편지를 넣기 전에 아버지께 말씀드리려 했어요."

"게오르크야." 하며 아버지가 치아 없는 입의 양쪽을 잡아당겼다.

"어디 한번 들어 봐라! 너는 이 일 때문에 나와 상의하려고 내게 왔다. 그것은 의심할 바 없이 너 자신을 명예롭게 하는 일이다. 그러나 그것은 아무것도 아니다, 아니 아무것도 아닌 것보다 더 고약한 일이다, 만일 네가 지금 나에게 진실을 전부 말하지 않는다면 말이다. 여기에 관련되지 않은 것들은 들추어내지 않겠다. 네 어미가 세상을 떠난 다음부터 무언가 불미스러운 일들이 있었다. 그런 일을 위한 때가 올 거고, 어쩌면 우리가 생각하는 것보다 훨씬 더 빨리 그런 때가 올지도 모르겠다. 사업상으로 많은 것이 나의 손에서 떠나갔고, 혹 나한테 숨기지야 않겠지. ── 지금 나한테 숨기는 것이 있다고는 가정(假定)하지도 않겠다만 ── 나는 이제 기운이 빠지고, 기억력도 예전 같지 않아, 그 숱한 일들을 다 살펴보지는 못한다. 그것은 첫째 자연의 순리요, 둘째 네 어미의 죽음이 너보다는 나를 훨씬 더 낙담시킨 것이다. ── 그러나 우리가 바로 이 문제, 이 편지 문제를 다루고 있으므로 말이다. 부탁이니, 게오르크야, 나를 속이지 말아라. 그건 사소한 일이야, 눈곱만큼의 가치도 없어. 그러니 나를 속이지 말아라. 너 정말 페테르부르크에 그런 친구가 있느냐?"

게오르크는 당황해서 일어섰다. "친구 문제는 내버려 두지요. 친구 천 명이 아버지를 대신하지는 못합니다. 제가 무얼 생각하는지 아세요? 아버지는 스스로를 아끼지 않고 계세요. 그러나 사람의 나이라는 것은 자신을 아껴 줄 권리를 요구해요. 아버지는 제게 사업상 없어서는 안 될 분이세요. 그건 아버지께서도 잘 아시잖아요. 그렇지만 사업이 아버지의 건강을 위협한다면, 저는 내일이라도 영영 그걸 막겠어요. 안 될 말이지요. 우리는 아버지를 위해서 이제 생활 방식을 바꾸어야겠어요. 그것도 근본적으로요. 아버지는 여기 어둠 속에 앉아 계신데, 거실에서라면 좋은 볕을 쬘 수 있으실 텐데요. 아버지는 아침을 드는 둥 마는 둥 조금씩 잡숫고 계세요. 제대로 기운 차릴 음식을 잡수시는 대신 말이에요. 아버지는 창문을 모두 닫아 놓고 계시는데 신선한 공기는 아버지한테 썩 좋을 거예요. 안 됩니다, 아버지! 제가 의사를 불러올 테니 그 처방대로 따르세요. 아버지와 제가 방을 바꿔, 아버지는 앞쪽 방으로 옮기시고 제가 이리로 오지요. 그 일은 아버지에게 큰 변화는 아닐 거예요, 물건들을 전부 같이 옮길 테니까요. 여하튼 그 모든 것은 적절한 시간에 하도록 하고, 지금은 침대에 누우세요, 아버지에게는 절대 휴식이 필요합니다. 자, 옷 벗으시는 것을 도와 드리겠어요, 제가 그럴 수 있다는 걸 보게 되실 거예요. 아니면 아버지께서 바로 앞쪽 방으로 가시겠다면 잠시 제 침대에 누우시지요. 어쨌든 그러는 게 사리에 맞을 것 같군요."

게오르크는 아버지 곁에 바싹 붙어 섰는데, 아버지는 엉클어진 하얀 머리카락이 성성한 머리를 가슴팍에 떨구었다.

"게오르크야." 아버지가 나지막이, 움직이지 않고 말했다.

게오르크는 얼른 아버지 곁에 꿇어앉았다. 아버지의 지친 얼굴에서 동공이 너무도 크게, 눈 가장자리에서 쏟아져 나와 자기에게로 쏠린 것을 보았다.

"너는 페테르부르크에 친구가 없어. 너는 언제나 재담꾼이었고 내 앞에서도 삼가지를 않았어. 도대체 어째서 바로 그곳에 네 친구가 있다는 거냐! 도무지 믿을 수가 없구나."

"다시 한 번 생각 좀 해 보세요, 아버지." 게오르크가 말하면서 아버지를 안락의자에서 일으킨 다음, 아버지가 이제 정말로 힘없이 그곳에 서 있기에, 잠옷 가운을 벗겼다. "그 일이 벌써 삼 년 전인데요, 그때 제 친구가 우리 집에 왔었어요. 아버지께서 그를 별로 탐탁해하지 않으셨던 것도 기억이 나는데요. 그래서 최소한 두 번쯤, 제게 그런 친구가 없는 척한 적이 있었지요, 바로 제 방에 앉아 있었는데도 말이에요. 저는 그 친구를 아버지께서 꺼리시는 것을 아주 잘 이해할 수 있더랬어요, 제 친구는 아주 독특한 데가 있거든요. 그렇지만 나중에는 아버지께서도 다시 그와 이야기를 아주 잘 나누셨어요. 저는 그때만 해도 아버지께서 그의 말에 귀를 기울이시고 고개를 끄덕이고 묻고 하시는 게 굉장히 자랑스러웠는걸요. 잘 생각해 보시면 틀림없이 생각이 나실 겁니다. 그 친구는 그때 러시아 혁명에 관한 믿기지 않는 이야기를 했어요. 예를 들면 사업상의 여행 중에 폭동이 일어난 키예프의 어느 발코니에서 한 성직자가 손바닥에다 넓게 피의 십자가를 새겨서, 그 손을 들어 군중을 부르는 모습을 보았다는 따위의 이야기를 말입니다. 아버지께서도 직접 그 이야기를 여기저기서 되풀이하셨잖아요."

그사이 게오르크는 아버지를 다시 내려 앉히고 리넨 팬티 위에 입은 타이츠 면내의와 양말을 조심스럽게 벗겨 낼 수 있었다. 별로 깨끗하지 않은 속옷을 보고 그는 아버지를 잘 돌봐 드리지 않았다며 스스로를 나무랐다. 아버지가 속옷을 갈아 입는 일에 유의하는 것 역시 분명 그의 의무였으리라. 그는 자신과 자기 약혼녀가 아버지의 장래를 어떻게 마련할지에 대해서는, 아직 분명하게 이야기를 하지 않았다. 서로 말은 하지 않았으나 아버지는 홀로 쓰시던 집에 남아 있으리라 전제를 했기 때문이다. 그런데도 이 순간 그는 얼른 한껏 단호하게 결심했다. 아버지를 장차 자기가 살림을 꾸릴 가정에 모시겠다고, 좀 더 깊게 보면 그는 심지어 장래의 본인 가정에서 아버지에게 해 드려야 마땅한 보살핌이 너무 뒤늦을 수 있을지도 모른다는 생각마저 들었다.

아버지를 두 팔에 안고 침대로 걸어갔다. 침대를 향해 그 몇 걸음을 떼어 놓는 사이에 아버지가 자신의 가슴에서 자기 시계 끈을 만지작거린다는 사실을 알아차리고는 그는 섬뜩한 느낌을 감지했다. 그는 아버지를 곧바로 침대에 누일 수가 없었다, 그토록 꽉 시곗줄에 매달려 있었던 것이다.

그러나 침대 속에 들어가자마자 모든 것이 괜찮아 보였다. 손수 이불을 덮고 나서도 이불을 어깨 위로 굉장히 많이 당겨 올렸다. 그는 게오르크를 올려다보았는데, 언짢아 보이지 않았다.

"그렇잖아요, 그 친구가 벌써 기억나셨죠?" 하고 물으며 게오르크는 부추기듯 아버지에게 고개를 끄덕여 보였다.

"이불이 잘 덮였느냐?" 아버지는 마치 발이 충분히 덮였는지 살펴볼 수 없기라도 한 듯이 물었다.

"침대에 누우시니 벌써 편안하신 거예요." 하며 게오르크는 이불을 더 잘 여며 주었다.

"이불이 잘 덮였느냐?" 아버지가 다시 한 번 물었는데 무슨 대답이 있을지 각별히 주의를 기울이는 것 같았다.

"안심하세요. 이불은 잘 덮여 있어요."

"아니다!" 아버지는 물음에 대답이 튕겨 나갈 만큼 소리쳤다. 이불을, 그것이 한순간 날리며 반듯이 펼쳐질 만한 힘으로, 뒤로 던지고 나서는 침대 위에 꼿꼿이 섰다. 한 손만을 천장에 가볍게 짚고 있었다. "너는 내가 이불에 덮였다고 주장했다, 하지만 나는 안다, 내 새끼야, 나는 아직 덮이지 않았어. 비록 마지막 힘이라 해도 너한테는 충분하게, 아니 지나치게 많이 있단 말이다. 나는 네 친구를 잘 안다. 그 아이가 내 마음에 드는 아들일지도 모른다. 그래서 너는 그 아이를 여러 해를 두고 온통 속이기도 했다. 그렇지 않다면 어째서? 내가 그 애를 두고 울지 않았다고 생각하느냐? 그 때문에 너는 네 사무실에 틀어박혀 아무도 방해하지 못하게 한 거지, 사장님은 바쁘시다고 ─ 오로지 러시아로 못된 편지 따위나 쓰려고 말이다. 그렇지만 다행스럽게도, 아비한테 아들의 생각을 들여다

126

보라고 가르칠 필요는 없다. 네가 지금 믿는 바대로 너는 그 애를 억눌렀다, 너무도 억눌렀어, 네 엉덩이로 그 애를 깔고 앉아 그 애가 꼼짝달싹 못 하도록, 그래 놓고는 우리 아드님께서는 결혼을 결심하셨지!"

게오르크는 아버지의 끔찍스러운 모습을 올려다보았다. 아버지가 느닷없이 그토록 잘 알게 된 페테르부르크의 친구가 지금까지의 그 어느 때보다도 그의 마음을 사로잡았다. 먼 러시아 땅에서 실종된 친구의 모습이 보였다. 남김없이 털린 가게의 문 앞에, 부서진 진열대, 갈기갈기 찢긴 상품들, 떨어져 내리는 가스관 사이에서 친구는 가까스로 서 있었다. 왜 그는 그토록 멀리 떠나야 했던가!

"나 좀 봐라." 아버지는 소리쳤고, 게오르크는 거의 정신이 빠진 채, 뭐든 붙잡기 위하여 침대로 달려가다가 중간에서 멈추었다.

"그 여자가 치마를 들어 올렸기 때문이야!" 아버지가 들척지근한 목소리로 말하기 시작했다. "그년이 치마를 이렇게 들어 올렸기 때문에, 그 추잡한 년이." 하면서 셔츠를 높이 쳐들자 전시(戰時)에 허벅지에 입은 상처 자국이 보였다. "그년이 치마를 이렇게, 이렇게 쳐들었기 때문에 네가 그년한테 들러붙었지. 그래, 그년한테서 걸리적거리는 것 없이 욕심을 채우려고 네 어미의 영전을 더럽히고, 그 친구를 배반하고 네 아비를 꼼짝달싹 못 하도록 침대에 처박아 놓았다. 그렇지만 어디 애비가 꼼짝달싹할 수 있나, 없나?"

그러면서 아버지는 아무것도 붙잡지 않고 서서 발을 내질렀다. 아버지는 상황을 통찰하며 만면에 웃음을 번뜩였다.

게오르크는 아버지한테서 가능한 한 멀찌감치 떨어져 한

구석에 서 있었다. 한참 전에 그는 모든 것을 빈틈없이 자세히 관찰하기로 굳게 결심했었다. 뒤로부터든, 위로부터든, 여하간에 우회로에서 기습을 당하지 않도록. 그는 지금 벌써 잊어버렸던 그 결심을 다시금 기억해 냈다가 잊어버렸다, 짧은 실오라기를 바늘귀에 꿸 때처럼."

"그런데도 네 친구가 배반당한 건 아니다!" 아버지가 소리쳤는데 둘째 손가락을 쳐들어 흔들어 댐으로써 그 말을 강조했다. "내가 그 친구의 이곳, 현지 대리인이거든!"

"광대로군!" 게오르크가 더 이상 참지 못하고 소리를 질렀으나 즉시 그 해(害)를 알아차리고 혀를 깨물었다. ── 두 눈이 굳어졌다. ── 그는 아픔으로 허리를 꺾었으나 너무 늦었을 따름이었다.

"그래 물론 나는 어릿광대짓을 했다. 어릿광대짓을! 좋은 말이다. 홀아비가 된 늙은 아비한테 무슨 다른 위안이 남았겠느냐? 말해 봐라, ── 대답하는 순간에는 아직 살아 있는 내 아들이거라. ── 불성실한 고용인에게 쫓겨나 뒷방에 들어앉은, 뼛속까지 늙은 내게 무엇이 남았겠느냐? 그런데 내 아들은 신이 나서 세상을 활개 치며 돌아다니고, 내가 마련해 놓았던 가게들을 닫고, 노는 데 빠져 곤두박질치면서, 제 아비 면전에서 신사인 양 과묵한 표정을 지으며 살그머니 도망쳤다! 내가, 너를 낳은 내가, 너를 사랑하지 않았다고 생각하느냐?"

"이제 앞으로 몸을 구부리겠지." 게오르크는 생각했다. "제발 굴러떨어져 산산조각이 나 버렸으면!" 이 말이 그의 머릿속을 가득 채우고 식식 소리를 내며 끓었다.

아버지가 몸을 앞으로 굽혔으나 떨어지지는 않았다. 게오르크가 다가오지 않자 예상했던 대로 다시 몸을 일으켰다.

"있는 곳에 그대로 있거라, 나는 네가 필요 없어. 너는 네가 아직 이리로 올 힘은 있지만 네 뜻이 그렇기 때문에 그냥 그대로 있는 거라고 생각하는데, 착각하지 말아라! 아직은 여전히 내가 훨씬 더 강자(强者)다. 혼자라면 내가 물러나야 했을지도 모르지만 네 어미가 나한테 자기의 힘을 주고 갔다. 네 친구와 나는 멋지게 결합되어 있어. 나는 네 거래처 명단도 여기 주머니에 가지고 있어!"

"속셔츠에까지도 주머니가 있구나!" 하고 혼잣말을 하면서 게오르크는 자기가 이 말 한마디로 아버지를 온 세상에서 존재할 수 없는 사람으로 만들 수 있다고 생각했다. 다만 한순간만 그는 그렇게 생각했다, 자꾸 모든 것을 잊어버렸기 때문이다.

"네 약혼녀 팔짱을 척 끼고 똑바로 나를 향해 와 봐라! 그 여자를 네 옆에서 싹싹 쓸어 내 버릴 테다, 내가 무슨 방법을 쓸지 네가 알 리 없지!"

게오르크는 믿지 못하겠다는 듯이 얼굴을 찡그렸다. 아버지는 그저 자기가 하는 말의 진실을 확인하듯 게오르크가 선 구석을 향해 고개를 끄덕일 뿐이었다.

"네가 오늘 내게 와서 네 친구한테 약혼에 관해 이야기해야 할지 어떨지를 물었을 때, 너 날 참 즐겁게 하더구나. 그 아이는 이미 다 안단 말이다. 어리석은 놈아! 그 아이는 다 알고 있어! 내가 그 애한테 썼단 말이다. 네가 나한테서 필기도구를 뺏는 것을 잊어버렸기 때문이지. 그래서 그 애는 벌써 몇 년 전부터 오지 않는 거다. 그 애가 모든 것을 너 자신보다 백 배는 더 잘 알고 있거든. 네 편지는 읽지도 않은 채 왼손에 구겨 들고, 오른손으로는 내 편지를 읽으려고 눈앞에 받들어 모시고 있단 말이다!"

아버지는 감격한 나머지 팔을 머리 위로 흔들었다. "그 애가 모든 것을 천배는 더 잘 알고 있어!"라고 소리쳤다.

"만 배겠지요!" 게오르크는 아버지를 비웃기 위해 대꾸했지만 그 말은 입에서 더할 나위 없이 진지하게 울렸다.

"여러 해 전부터 나는 벌써 네가 이 질문을 가지고 올까봐 조심하고 있었다. 그 밖에 달리 나를 근심시킬 게 있다고 믿느냐? 내가 신문을 읽는다고 믿지? 자!" 그러면서 그는 게오르크에게 어찌된 영문인지 침대 속으로 섞여 들어간 신문지 한 장을 집어던졌다. 게오르크로서는 이름조차 전혀 알 수 없는 낡은 신문이었다.

"너는 철이 들기까지 얼마나 오래 꾸물거렸느냐! 어미는 세상을 버려야 했고 경사스러운 날은 겪어 보지도 못했다. 친구는 러시아에서 몰락했다. 이미 삼 년 전에 그는 다 내던져 버릴 만큼 얼굴이 노래져 있었다. 그리고 나, 나의 형편이 어떤지는 너도 보겠지. 그런 걸 보라고 눈은 달렸을 테니!"

"그러니까 아버지는 숨어서 몰래 저의 동정을 살폈군요!"

게오르크가 소리쳤다. 아버지가 연민을 품고 지나가는 듯한 투로 말했다. "너는 그 말을 아마도 벌써 하고 싶었겠지. 이제 와서는 전혀 어울리지 않아." 그러고는 더 크게 "이제 그럼 너 말고도 이 세상에 뭐가 있는지 알았지, 지금까지 너는 너밖에 몰랐다. 너는 본디 순진무구한 아이였지, 그러나 근본을 보면 너는 악마 같은 인간이었어! ─ 그러니 명심하거라! 내가 너를 지금 익사형에 처하노라!"

게오르크는 방에서 내몰린 듯한 느낌이었다. 아버지가 자기 뒤에서 침대 위로 자빠지며 낸 쿵 하는 울림이 아직도 그의 귀에서 쟁쟁하게 울렸다. 그 계단을, 경사진 평지인 양 서둘러 층계를 달려 내려가다 그는, 마침 오전 청소를 하러 올라오던 하녀와 맞닥뜨렸다. "맙소사!" 하고 소리치며 그 여자는 앞치마로 얼굴을 가렸다. 그러나 그는 벌써 그곳에 없었다. 그는 대문 밖으로 튀어나오듯 뛰었다. 그는 차도를 넘어 물가로 내몰린 듯 달렸다. 벌써 그는 굶주린 자가 먹을 것을 움켜쥐듯 난간을 꽉 잡고 있었다. 그는 넘었다, 소년 시절에 양친의 자랑이었던 뛰어난 체조 선수가 다시 되어, 그는 난간 너머로 몸을 날렸다. 아직은 힘이 빠져 가는 두 손으로 자신을 꽉 잡았다. 그는 난간 막대기들 사이로, 자신이 추락하는 소리를 가볍게 눌러 버릴 버스를 엿보았고 낮게 부르짖었다. "부모님, 저는 그래도 당신들을 언제나 사랑했었답니다." 그러고는 몸을 떨어뜨렸다.

마침 이 순간 다리 위에는 끝이 없을 것처럼 차들이 오가고 있었다.

양동이 기사

다 써 버린 석탄, 텅 빈 양동이, 무의미한 부삽, 냉기를 토하는 난로, 방은 한기로 터질 듯 팽팽하고, 창밖에는 나무들이 서리 속에 뻣뻣하고, 하늘은 그에게 도움을 청하려는 자에게 들이대는 은(銀)방패다. 나에겐 석탄이 있어야 한다, 얼어 죽을 수는 없다. 내 뒤에는 무정한 난로, 앞에는 역시 무정한 하늘, 그러므로 나는 하늘을 예리하게 가로지르고 말달려 석탄 가게 한가운데서 도움을 구해야겠다.

내가 늘 하는 부탁에 그 사람은 이미 무디어졌다, 그러니 나는 그에게, 이제 내겐 석탄이 티끌 하나 남아 있지 않으며, 그러므로 그가 나에게는 바로 창공의 태양을 의미한다는 점을 아주 자세히 증명해야 한다. 나는 가야 한다. 배고픔으로 그르렁거리며 문지방에서 숨을 거두려고 하는, 그래서 제후의 요리사가 그에게 마지막 커피 찌꺼기를 쏟아 내 주기로 결심한 그 거지에게처럼, 상인은 분명 꼭 그렇게 나에게 화를 내리라. 그럼에도 불구하고 그는 '살인하지 말라!'라는 계명의 빛 아래서 부삽 하나를 채워 내 양동이에 던져 넣으리라.

그래서 나는 양동이를 타고 달린다. 양동이 기사가 되어, 손은 가장 간단한 머리 장식 마구(馬具)인 위쪽 손잡이에 두고, 힘들게 계단 아래로 돌아 내려간다. 그러나 아래에 내려서면 나의 양동이가 솟아오른다, 화려하게, 화려하게, 바닥에 납작하게 누워 쉬다가 인도자의 채찍 밑에서 몸을 털며 일어나는 낙타들도 이보다 더 멋지게 일어나지는 못한다. 꽁꽁 얼어붙은 골목길을 고른 속보로 달린다, 나는 자주 2층 높이로까지 올려지며, 현관문까지는 내려오지 않는다. 그리고 나는 가게 지하실 반원형 천장 안에서는 비상히 높게 흔들린다, 그 안에서는 가게 주인이 저 아래 깊은 곳, 자신의 작은 책상 앞에 쪼그리고 앉아 무언가를 쓴다. 지나친 열기를 내보내려고 그는 문을 열어 놓았다.

"석탄 가게 아저씨!" 추위로 애가 타는, 분명치 못한 목소리로 내가 부른다, 자욱한 입김에 싸인 채 "석탄 가게 아저씨, 석탄을 조금만 주세요. 내 양동이는 벌써 내가 타고 다닐 수 있을 정도로 비었어요, 제발. 되는 대로 곧 갚을게요."

가게 주인이 귀에 자기 손을 갖다 댄다. "내가 바로 들은 건가?" 하고 자기 어깨 너머, 난로 곁의 의자에서 뜨개질을 하는 아내에게 묻는다. "내가 바로 들었나? 손님인데."

"나는 아무 소리 안 들려요." 하고 등이 기분 좋게 따뜻해진 부인은 뜨개바늘 위로 평화롭게 숨을 내쉬고 들이쉬며 말한다.

"네, 맞아요." 내가 소리친다. "저예요, 오랜 단골손님이죠. 잠시 돈이 없을 뿐 변함없이 충실한 단골이죠."

"여보." 하고 상인이 말했다. "맞아, 누가 왔어. 내가 이렇게 심하게 착각하지는 않아. 오랜, 아주 오랜 단골임에 틀림없어. 이렇게 내 가슴에다 말을 할 줄 아니 말이야."

"웬일이지요, 여보?" 하며 부인은 잠깐 쉬며 뜨갯감을 가슴에 꽉 끌어안았다. "아무도 아니에요. 골목길은 텅 비었고 우리 손님들은 모두 비축을 해 놓았어요. 우리는 며칠 동안 가게를 닫고 쉬어도 돼요."

"하지만 내가 여기 양동이 위에 앉아 있는데." 하고 외치는데 추위 탓에 감정 없이 흐르는 눈물이 내 눈을 가린다. "좀 쳐다보시오, 그럼 나를 금방 발견할 텐데, 한 부삽만 부탁합니다. 그런데 당신네들이 두 부삽을 준다면, 나를 넘치도록 행복하게 해 줄 거요. 이미 다른 고객들은 모두 비축해 놓았잖아요. 아, 양동이 안에서 벌써 달그락 소리가 들렸으면!"

"가지요." 하며 가게 주인은 짧은 다리로 지하실 계단을 올라가려고 했지만 어느새 부인이 그의 곁에 다가와 가게 주인의 팔을 꽉 잡고 말한다. "당신은 여기 계세요. 당신이 정 고집을 버리지 못하겠다면 내가 올라가지요. 오늘 밤에는 당신의 심한 기침을 좀 생각하세요. 그런데 당신은 장사를 위해서, 이게 비록 망상에 불과할지 몰라도, 처자식도 잊어버리고 당신의 폐까지 희생하고 있어요. 제가 갈게요.", "그러려거든 그렇게 해요. 단 그에게 우리 창고에 있는 물건의 종류를 다 일러 주시오. 가격은 내가 당신 뒤에서 부르리다.", "좋아요." 하며 부인은 골목길로 올라간다. 물론 그녀는 나를 금방 보지 못한다. "석탄 가게 아주머니." 내가 소리친다. "별고 없으십니까, 석탄 한 부삽만요. 여기 양동이에다 바로요. 제가 직접 집으로 가지고 가겠어요. 제일 나쁜 것 한 삽요. 그 값은 물론 다 드리지요, 그렇지만 금방은 안 되고요, 금방은 안 되고요." 두 마디 말 '금방은 안 되고요.'가 상당히 감각을 혼란하게 하는 무슨 종소리에, 그 두 마디 말이 마침 가까운 교회 종탑에서 들려오는 저녁 종소리에 섞이는지!

"그러니까 그분이 뭘로 가지시겠다 하오." 상인이 소리친다. "아무것도," 부인이 되받아 소리친다. "아무것도 없는데요, 아무것도 안 보이고, 아무 소리도 안 들리는걸요. 6시 종이 울렸을 뿐이에요, 우리 문 닫아요. 추위가 지독하네요. 내일은 또 할 일이 많겠는데요."

그 여자는 아무것도 보지 못하고 아무것도 듣지 못한다. 그러나 그런데도 앞치마 끈을 풀어 앞치마를 탁탁 털며 나를 쫓아 버리려고 한다. 유감스럽게도 안 된다. 나의 양동이는 타고 다니는 훌륭한 짐승의 모든 장점을 갖추었지만 버티는 힘만은 없다. 너무도 가벼워서, 여자 앞치마 하나일 뿐인데도 그 발을 땅바닥에서 떼어 놓고 만다.

"이 나쁜 여자." 하고 나는 상대가 돌아보도록 큰 소리로 부른다. 그녀가 가게 쪽으로 돌아서면서 절반은 경멸조로 절반은 만족해서 손을 공중으로 내젓는 동안에도 "이 나쁜 여자! 가장 나쁜 걸로 한 삽만 부탁했는데 그걸 주지 않는군."이라고 말한다. 그리하여 나는 그렇게 얼음산 지대로 들어가 다시는 모습이 보이지 않게끔 없어져 버린다.

나무들

우리는 눈 속의 나뭇등걸과도 같기 때문에. 겉보기에 그것들은 그냥 살짝 늘어서 있어서 조금만 밀치면 밀어내 버릴 수도 있을 것만 같다. 아니, 그럴 수는 없다, 그것들은 단단하게 땅바닥과 결합되어 있으므로. 그러나 봐라, 그것조차도 다만 겉보기에 그럴 뿐이다.

굶는 광대

지난 몇십 년 사이, 굶는 광대에 대한 관심이 현저히 줄어들었다. 예전에는 그런 종류의 큰 흥행을 직접 운영하면 상당한 수입을 얻었으나 오늘날엔 불가능하다. 시대가 달라진 것이다. 그 당시엔 도시 전체가 굶는 광대에게 관심을 쏟았고, 하루하루 굶는 나날이 더해 감에 따라 대중의 관심도 고조되었으니, 누구나 적어도 하루에 한 번쯤은 굶는 광대를 구경하고자 하였다. 그리하여 나중에는 여러 날 동안 창살 쳐진 작은 우리 앞에 앉아 구경하는 예약 손님들마저 생겨났고 야간까지도 관람이 계속되었다. 급기야 극적 효과를 높이기 위해 횃불을 밝혔다. 날씨가 좋은 날이면 우리를 바깥에 들어다 내놓는데, 그럴 때 굶는 광대를 구경하게 하는 이들은 바로 어린이들이었다. 어른들에게 굶는 광대는 종종 참여하고 마는 유행 같은 흥밋거리에 지나지 않았지만, 어린아이들은 놀라서 입을 딱 벌리고, 만약에 대비해 서로 손을 잡은 채 유심히 지켜보았다. 창백한 얼굴에다 몸에 달라붙는 검정 내복을 입고 광대뼈까지 툭 불거져 나온 굶는 광대는 편안한 의자마저도 외면한 채 흩어진 지푸라기 위에 앉아서 공손하게 고개를 끄덕이기도 했다. 그리고 아주 힘겹게 미소를 지으며 묻는 말에 대꾸를 하기도 하고, 자기가 얼마나 말랐는지 만져 보라며 창살 틈으로 팔을 내밀기도 했다. 그러다가 그는 다시금 아주 깊은 생각에 빠져 아무도 신경을 쓰지 않으며, 자기에게 퍽 중요한 우리 안의 유일한 집기인 시계가 내는 소리에조차 아랑곳하지 않았다. 오로지 눈을 감다시피 하고 생각에 잠겨 앞만 보고 있다가, 이따금 입술을 축이려고 자그마한 유리잔에 입을 대곤 했다. 어린이들은 굶는 광대의 이런 모습을 바라봤던 것이다.

바뀌기 마련인 관람객들 말고도 관중이 뽑아 둔 상근 감시인들이 따로 있었는데, 그들은 이상하게도 늘 백정들이었다. 그들 세 명은, 굶는 광대가 혹시나 어떻게 해서든 몰래 무엇을 먹는 일이 없도록 밤낮으로 감시했다. 그러나 그것은 대중을 안심시키기 위한 한낱 형식적인 조치에 불과하였다. 사실 전문가들이라면, 단식 기간 중에 굶는 광대가 그 어떤 상황에 처하든, 심지어 강요를 받더라도 입에다 음식을 대는 일이 결코 없다는 사실을 다 알고 있었다. 그의 예인(藝人)으로서의 명예심이 그런 짓을 금하는 것이다. 물론 감시인들이라고 그런 사실을 다 아는 것은 아니었다. 그래서 이따금씩 적당히 감시하며, 일부러 외딴 구석에 몰려 앉아 카드놀이에 열중하면서, 굶는 광대에게 기운을 되찾아 줄 음식을 먹게 해 주겠노라며 공공연히 떠들어 대던 야간 감시자들도 있기는 했다. 그들 생각으로는 그렇게 허락해 주면, 굶는 광대가 어딘가에다 몰래 감춰 둔 음식물을 꺼내 먹으리라는 것이었다. 그런 감시인들보다 더 굶는 광대를 괴롭히는 자들은 없었다. 그런 이들은 광대를 슬프게 했고, 그로 하여금 굶는 일을 끔찍히도 힘들게끔 느껴지도록 했다. 종종 광대는 자신의 나약함을 이기려고, 그런 식의 감시를 당하는 동안 줄곧 노래를 불렀다. 그들이 얼마나 부당하게 자신에게 혐의를 두고 있는지 보여 주기 위함이었다. 그렇지만 그런 대응은 별로 소용이 없었다. 그렇게 노래를 부를라치면 그 감시자들은 노래를 부르면서도 무언가를 먹을 수 있으니 재주가 대단하다며 놀릴 따름이었다. 그런 이들에 비하면 창살에 바짝 붙어 앉아, 홀의 흐릿한 야간 조명으로는 만족하지 못하고 흥행주가 마음대로 사용하라며 내준 회중전등을 들이대고 비추는 사람들 쪽이 훨씬 나았다. 눈부신 빛이 조금도 거슬리지 않았다. 잠이야 어차피 도무지 잘 수 없었고, 조금씩 조는 일이라면 무슨 조명을 받든, 어느 시각에 홀이 사람들로 넘치고 시끄럽든 아무 때나 할 수 있었다. 그런 감시인들이라면, 기꺼이 꼬박 한숨도 자지 않고 밤을 지새울 용의가 있었다. 그들과 농을 주고받으며, 그들에게 자신의 유랑 시절 이야기를 들려주고 또 다시금 청중의 이야기에 귀를 기울일 준비가 되어 있었다. 이 모든 것은 오로지 그들을 잠들지 않게 하기 위함이었고, 우리 안에는 먹을 것이라곤 전혀 없으며, 자기는 그들 중 어느 누구도 해낼 수 없으리만치 굶고 있다는 사실을 거듭거듭 보여 주기 위함이었다. 가장 행복한 순간은 그렇게 밤을 지새운 다음 날 아침, 광대 측이 계산한 풍성한 아침 식사가 그들에게 제공될 때였다. 식사가 나오면, 그들은 힘들게 밤을 지새운 건강한 남자다운 식욕으로 음식에 달려들었다. 하기야 이런 아침 식사가 감시인들에게 부당한 영향을 끼친다고 여기는 사람들도 비록 있기는 했지만, 그건 너무 심한 생각이다. 그렇게 따지는 이들에게, 공정히 일을 시킨다는 명목으로 아침 식사를 주지 않고 오로지 야간 감시만 맡기는 일을 할 수 있겠느냐고 물으면 슬며시 물러나고 만다. 그러면서도 혐의를 떨치지 못한다.

아무튼 이런 것은 굶는 일과 떼어 놓을 도리가 없는 여러 가지 혐의 중의 하나다. 아무도 굶는 광대 곁에서, 좀체 쉬지 않고 감시하며 허구한 날 밤낮으로 시간을 보낼 수는 없었다. 다시 말하자면 그 누구도 광대가 정말로 중단 없이, 또 결함 없이 굶는지 몸소 시종일관 지켜보고 알 수 없었다. 그것을 완벽히 알 수 있는 사람은 오로지 굶는 광대 그 자신뿐이었다. 따라서 광대만이 자신의 굶는 일로 완벽하게 충족감을 느끼는 단 하나의 구경꾼이기도 하였다. 그런데 그는 다른 이유로는 결코 충족감을 느끼지 못하였다. 어떤 사람들은 야위어 가는 그를 차마 눈뜨고 볼 수 없어서 구경하고 싶은데도 가 보지 못했다. 그런데 그 지경으로 그가 야윈 것은, 어쩌면 굶주림 때문이 전혀 아니었다. 그가 그토록 야윈 까닭은 오로지 자신에 대한 불만 탓이었다. 그만이 알고 있었다. 다른 누구도, 어떤 전문가도 몰랐다, 굶는 일이 얼마나 쉬운지를. 세상에 그보다 더 쉬운 일은 없었다. 그가 이런 사실을 일부러 숨긴 건 아니다. 그가 그렇게 말해 봤자 사람들은 그를 믿지 않았고, 한껏 긍정적으로 생각하는 사람들은 광대가 그저 겸손해서 그러겠거니 했다. 물론 대다수는 '병적으로 선전에 열을 올리고 있구나.' 한다든가, 아니면 심지어 '굶는 게 쉽다니! 그건 굶는 일을 쉽게 하는 술수가 있어서 그렇겠지.'라고 말하면서 그런 사실을 절반쯤 고백하는 행동을 보니 '낯가죽이 여간 두껍지 않은 사기꾼이다!'라고 떠들어 댔다. 그는 그 모든 것을 감수하여야 했다. 세월이 흐르면서 광대는 그런 일에 얼마큼 익숙해지긴 하였으나 내심 이런 불만들에 항시 마음이 괴로웠던 탓에, 단식 기간이 지난 뒤에도 ── 증명서가 발부되어야 했다. ── 그가 스스로 우리 곁을 떠난 적은 여태 한 번도 없었다. 흥행주는 가장 긴 단식 기간으로 사십 일을 정해 놓고 그 이상으로는 굶지 못하게 하였다. 세계적인 대도시에서도 그랬는데, 거기엔 그럴 만한 충분한 이유가 있었다. 경험상 사십 일 정도가 열띤 광고를 통해 한 도시의 관심을 점점 고조시킬 수 있는 한계여서, 그 기간이 지나고 나면 관중의 관심을 더이상 집중시킬 여력이 없었다. 즉 그즈음부터 인기가 결정적으로, 현저히 떨어지는 것이 확인되었다. 여기엔 물론 도회지와 시골 사이에 약간의 차이가 있기는 하였으나 사십 일이 최장 기간이라는 점은 통념이었다. 그래서 사십 일째가 되면, 꽃을 둘러 장식한 우리의 문이 열렸다. 감격한 구경꾼들이 반원형 스탠드를 가득 메웠고, 군악대가 연주를 하였다. 그와 동시에 굶은 광대에게 필요한 조치를 하기 위해 의사 두 사람이 우리 안으로 들어갔다. 확성기를 통해 그 결과가 홀에 알려진다. 그러면 마침내 추첨으로 뽑힌 젊은 숙녀 두 사람이, 다른 누구도 아닌 자기들이 뽑혔다는 사실에 기뻐하며 앞으로 나와 굶은 광대가 우리에서 나오는 몇몇 계단을 내려서게끔 인도해주었다. 그리고 그곳의 조그만 식탁에는 세심하게 선별된 환자용 음식이 차려져 있었다. 그러나 굶는 광대는 이 순간에 항상 저항하였다. 도와줄 만반의 태세를 갖추고 자기에게로 몸을 숙인 숙녀들이 내민 손안에 뼈가 앙상한 자신의 팔을 선뜻 내놓기는 했지만 일어서려 들지는 않았다.

왜 사십 일을 지낸 다음에, 이제야말로 썩 잘 굶은, 아니 아직 제대로 굶는 데에 미치지도 못한 바로 지금인데 그만둬야 한다는 말인가? 왜 사람들은 좀 더 굶어서 그 어느 시대에도 없었던 가장 위대한 굶는 광대가 되고 ─ 사실 그는 지금 벌써, 확실히 그러한 광대였으리라. ─ 그뿐만 아니라 불가해한 지경에 이르기까지, 자기 자신마저도 아득히 넘어서겠다는 광대의 의지를 그에게서 앗아 가려고 한다는 말인가, 광대는 자신의 굶을 수 있는 능력이 무한하게만 느껴지는데? 그에게 그토록 찬탄을 보내는 듯 보이는 이들은 어째서 이다지도 참을성이 없는 것일까? 그가 더 굶는 일을 견뎌 낼 수 있는데 왜 그들은 참아 내지 못하는 걸까? 짚 더미 속은 피곤하기도 하면서 편하기도 했다. 그런데 이제 벌떡 일어나서 상상만 해도 구역질이 나는, 하지만 단지 숙녀들 앞이라 그렇다고 말하지는 않고, 묵묵히 차려진 음식 쪽으로 가야 했다.

그는 눈길을 들어 겉보기에는 무척이나 친절해 보이나 사실은 아주 잔인한 숙녀들의 눈을 들여다보고는 가는 목에 너무도 무겁게 얹힌 머리를 흔들었다. 그러자 늘 일어나는 일이 일어났다. 흥행주가 와서 아무 말 없이 ─ 음악 소리 때문에 말을 할 수가 없었다. ─ 굶는 광대의 머리 위로 두 팔을 쳐든다, 마치 하늘에다 대고 여기 지푸라기 위에 있는 자신의 작품을, 이 가련한 순교자 ─ 사실 굶는 광대는 전혀 다른 의미에서 가련한 순교자이기도 했다. ─ 를 한번 봐 달라고 청하기라도 하는 듯이 말이다. 그러고 나선 굶는 광대의 가느다란 허리를 잡는데, 자기가 지금 얼마나 깨지기 쉬운 물건을 다루고 있는지를 사람들이 믿게끔 조심스러운 동작을 과장한다. 그리고 굶는 광대를, 그가 몸을 가누지 못해 두 다리와 상반신을 이리저리 건들거리도록, 눈에 띄지 않게 조금씩 흔들어 대면서 ─ 그사이 얼굴이 백지장이 된 숙녀들에게 넘겨준다. 굶는 광대는 이제 그 모든 것을 견뎌 내야 한다. 머리는 가슴 위에

축 늘어져 있다. 마치 흠씬 두들겨 맞았는데, 신기하게도 그런 상태로 버텨 내는 듯한 형상이다. 몸은 움푹 꺼지고 두 다리는 자기를 지키려는 본능에 따라 무릎 부분이 서로 꽉 눌어붙어 있다. 그리고 발은 바닥에 간신히 닿아 땅바닥을 긁는데, 마치 땅바닥이 진짜가 아니라고 여기는 듯하다. 두 다리는 진짜 땅바닥을 찾고 있을 뿐인데. 그런데 몸의 전체, 그래 봤자 얼마 되지도 않는 무게가 두 숙녀들 중 한 사람에게 실리자 그녀는 도움을 찾아 숨을 가쁘게 쉬며 — 이 명예로운 직무가 그러하리라고는 상상하지 못했던 터라 — 우선 목을 한껏 뽑아 얼굴이나마 굶는 광대와 닿지 않도록 지켜보려고 하지만 그게 잘 되지 않는다. 자기보다 운이 좋은 여인이 도와주러 오지는 않고 그저 떨면서 손만 내밀어 굶는 광대의 손, 그 조그만 뼈 무더기를 받아드는 데에 만족하자, 홀에서는 황홀한 웃음이 일었다. 그런데 그녀는 그만 울음을 터뜨리고 만다. 그리하여 부득이 오래전부터 대기하고 있던 하인과 교체된다. 그다음은 식사다. 흥행주가 음식을, 실신에 가까운 가수(假睡)에 잠긴 굶는 광대에게 조금씩 흘려 넣어 주는데, 그러면서도 흥겨운 잡담을 늘어놓아 관중의 이목이 굶는 광대의 딱한 처지로부터 흩어지게 한다. 그러고 나서는 관중을 위해 축배사를 하는데, 흥행주의 주장에 따르면 그 축하의 말은 굶는 광대가 자기에게 속삭여 준 것이라 한다. 악단의 우렁찬 취주가 그 모든 것을 보증해 주고, 사람들은 흩어져 가니 그 누구에게도 벌어진 이 모든 일에 대해 불만을 토로할 권리 따위는 없다, 그 누구에게도. 오직 굶는 광대, 언제나 그만은 그렇지 않다.

　그렇게 그는 규칙적으로 조금씩 휴식 기간을 가지면서 여러 해를 살았다. 세상의 존경을 받았고, 겉보기에는 빛나는 세월이었지만 그럼에도 그는 대체로 침울한 기분이었다. 아무도 그 기분을 어떻게 받아들여야 할지 몰랐던 탓에, 그는 점점 더 침울해져만 갔다. 무엇으로 그를 위로해야 한다는 말인가?

그에게 더 바랄 무엇이 남아 있다는 말인가? 그래서 어쩌다 그를 불쌍히 여겨, 그의 침울함이 틀림없이 굶어서 그런 거라고 설명하려 드는 마음씨 좋은 사람이 있으면, 특히 단식 기간이 한참 진행되었을 때, 굶는 광대는 거기에 대꾸하기는커녕 왈칵 성을 내며 모두가 놀라게끔 짐승처럼 창살을 흔들어 대는 일도 있곤 했다. 그런데 그런 상황에 대해 흥행주는 한 가지 처벌 방식을 즐겨 썼다. 관중이 모인 앞에서 굶는 광대를 용서하는 것이다. 배가 부른 사람들로서는 얼른 이해하기 어렵겠지만 굶다 보면 사람이 예민해지는 법이고, 굶는 광대의 그런 처신도 다 그런 탓이니 용서할 수 있다는 것이었다. 그리고 나서는 이와 관련해서, 자기가 지금 굶은 것보다 훨씬 더 오래 굶을 수 있다는 굶는 광대의 주장까지 언급하게 되는데, 흥행주는 그 주장까지 역시 똑같은 방식으로 설명한다. 흥행주는 광대의 고귀한 노력과 선한 의지, 위대한 자기 부인(否認)을 찬양하는데, 광대의 그런 주장 가운데는 분명 그런 미덕들이 있다는 것이다. 하지만 이어서 그 자리에서 팔기도 하는 사진을 보여 줌으로써, 그런 주장 따위는 간단하게, 너끈히 반박해 버리려고 한다. 사진들 속에는 자리에 누운, 기력을 잃어 꺼질 듯 쇠잔한, 어느 사십 일째의 굶는 광대의 모습이 담겨 있기 때문이다. 굶는 광대로서는 익히 알지만, 그래도 늘 새롭게 자기의 기를 꺾는 이러한 진실의 왜곡이, 그 자신에게는 너무도 가혹하기만 했다. 너무 때 이르게 굶는 일을 끝낸 결과일 뿐인데, 여기 사진들은 그것을 그 원인으로서 그려 내고 있지 않은가! 이런 몰이해, 아니 이런 몰이해의 세계와 맞서 싸우기란 불가능했다. 그때까지는 그래도 거듭거듭 행여나 하고, 창살을 붙잡고 간절히 흥행주의 말에 귀를 기울이지만, 사진이 등장할 때면 그는 번번이 창살을 놓고 한숨을 쉬며 맥없이 풀썩 짚 더미에 주저앉아 버린다. 그러면 안심한 관중이 다시 광대 곁으로 다가와 그를 구경할 수 있었다.

그런 광경들을 목격했던 관중은 몇 년이 지난 뒤에 다시 그 생각을 하며 종종 스스로가 스스로를 이해하지 못하곤 하였다. 왜냐하면 그사이에, 앞서 얘기한 바 있는 저 급격한 변화가 일어났기 때문이다. 갑작스러우리만치 그 일이 일어나 버렸다. 좀 더 심오한 이유들이 있었을지도 모르지만 누가 그런 걸 찾아내려고 마음을 쓰겠는가. 아무튼 인기를 한 몸에 받던 굶는 광대가 어느 날 갑자기, 자신이 오락을 추구하는 무리로부터 버림받았음을 알게 되었으니, 이제 그들은 다른 흥행물을 찾아 몰려 떠나갔던 것이다. 흥행주는 광대와 함께, 혹시 어딘가에 아직도 옛날과 같은 대중의 관심이 남아 있는지 살피려고 다시 한 번 유럽을 절반쯤 두루 돌아다녀 봤지만 모든 것이 허사였다. 모두가 은밀히 합의라도 한 것처럼 어디에서나 한결같이 흥행을 위해 단식하는 일에 혐오감을 드러내곤 했다. 물론 갑자기 그렇게 되었을 리야 없었다. 이제 와 돌이켜 보니 당시에는 성공의 안개에 휩싸여 충분히 유의하지 못했고, 미연에 십분 방지하지 못했던 많은 조짐들이 생각났다. 하지만 지금 그것에 맞서 무언가 방도를 취하기에는 때가 너무 늦어 버렸다. 분명 언제고 다시 단식이 인기를 끄는 시대가 오기야 하겠지만, 그렇더라도 그건 지금 살아 있는 사람들에게 위로가 될 수는 없었다. 이제 굶는 광대는 무엇을 해야 한다는 말인가? 그를 둘러싸고 환호를 보낼 수천 명의 사람, 그가 대목을 맞은 조그만 장터의 가설무대에 등장할 순 없는 노릇이었고, 그렇다고 다른 직업을 갖기에는 나이가 너무 많았다. 사실 다른 무엇보다도 그 스스로 굶는 일에 너무도 광신적으로 전념하고 있었다. 그리하여 그는 비할 데 없이 한길만 함께 걸어온 동료, 흥행주와 이별하고 어느 큰 곡마단에 들어가게 되었는데, 자신의 예민함을 자극하지 않기 위해 계약 조건을 전혀 보지 않았다.

무수한 사람과 동물과 도구 들이 항상 드나들며 서로 균형을 이루고 충원이 되는 대형 곡마단은 어떤 사람이든, 언제나 쓸 수 있는 법이다. 굶는 광대 또한, 물론 요구 조건들이 지나치지 않을 경우엔 쓸모가 있었다. 이렇게 특별히 곡마단에 가담하게 된 데에는 굶는 광대 자신뿐만 아니라 그의 옛 명성도 한몫했다. 이 기예는 나이 든다고 줄어드는 것이 아닌 만큼, 그 독특함을 생각하면 정말로 한물간 어느 퇴물 예인(藝人)이 안정된 곡마단의 조용한 직책에 자리를 잡으려 애쓴다고는 결단코 말할 수 없었다. 오히려 굶는 광대가 확언하듯이 자기는 예전과 조금도 다름없이 잘 굶으며 — 그 점은 어디까지나 믿을 만했다. — 심지어 사람들이 자기가 하고 싶어 하는 대로 내버려 둬 주기만 한다면 — 그런데 이 제안은 즉각 약속을 받았다. — 이제야말로 진짜 세상을 깜짝 놀라게 할 수 있으리라는 것이었다. 그러나 그건 굶는 광대가 열심히 해도 그런 사실을 쉽게 잊어버린 시대 분위기에 비춰 생각해 보면, 그저 전문가들의 미소를 자아낼 뿐인 주장이었다.

그러나 근본적으로 그 굶는 광대가 현실 상황을 인식하는 시선을 잃어버린 건 아니었다. 그래서 광대는 사람들이 우리에 든 자신을 최고로 인기 있는 순서에다 배치해 곡마단의 원형 무대 한가운데에 세워 놓는 게 아니라, 바깥 마구간 가까이에, 그래도 썩 발길이 잘 닿는 장소에다 갖다 놓는 것을 당연한 일로 받아들였다. 알록달록하게 칠해진 커다란 글자들이 우리를 둘렀고, 그것은 그곳에서 무엇을 볼 수 있는지를 알려 주었다. 관중이 공연 도중에 휴식을 취하고자 동물들을 구경하러 짐승 우리로 몰려가다 보면, 자연히 굶는 광대 곁을 지나게 되었고 그곳에서 잠깐 멈추었다. 어쩌면 사람들은 그의 곁에 좀 더 오래 머물렀을지도 모른다. 만약 사람들이 좁은 통로를 지나 자신이 가 보고 싶어 하는 짐승 우리로 향하는 길 위에서 일어난 이 지체를 이해하지 못하고, 잇달아 밀려오는 뒷사람들이 도무지 좀 더 오래 찬찬히 살펴보지를 못하게 하지 않았더라면, 이것은 그가 자신의 인생 목표로서 의당 오기를 바랐던 관람 시간이 다가오는 일을 두렵게 하는 이유가 됐으리라. 처음에는 공연 중의 휴식 시간을 기다리기도 벅찰 지경이었다. 그는 들떠서 자기에게로 물밀듯 밀려오는 무리를 마주 보았다. 그러나 마침내, 너무도 빨리 그는 진실을 확인하게 됐을 따름이었다. ── 지극히 고집스럽고 거의 의식적인 자기기만도 이런 경험들에는 버텨 내지 못한다. ── 그들 대부분이 사실은 거듭거듭, 예외 없이 온통 외양간을 찾는 사람들뿐이었다는 사실을. 그러나 멀리서 보는 이 광경이 그래도 가장 아름다웠다. 왜냐하면 그들은 광대에게로 다가오면서 끊임없이 두 무리를 새롭게 형성했기 때문이었다. 즉 그를 편안하게 보고자 하지만 제대로 알고서가 아니라, 변덕과 반항심에서 그러려는 무리 ── 굶는 광대에게는 이 무리가 곧 더 괴로운 존재가 되었다. ── 와 다 제쳐 두고 짐승 우리로만 가겠다는 무리의 고함과 욕설이 금방 광대의 주위로 난무했다.

　큰 인파가 지나가고 나면 그다음에는 뒤처진 사람들이 오는데, 이들은 기분 내키는 대로 실컷 서 있겠다고 해도 이젠 막을 사람조차 없건만 큰 걸음으로, 곁눈질 한 번 하지 않은 채 서둘러 지나쳐 갔다. 제때에 짐승들한테 가기 위해서 말이다. 그리고 아이들을 거느린 아버지가 올 때도 있는데, 그건 정말이지 너무도 흔하지 않은 행운이었다. 어느 아버지는 손가락으로 굶는 광대를 가리키며, 저 사람이 무엇인지를 아이들에게 자세히 설명해 주면서, 자기가 이와 비슷한, 그러나 비교할 수 없을 만큼 굉장한 수준의 흥행들을 관람했던 옛 시절의 이야기를 들려주었다. 그러면 어린아이들은 학교나 일상생활에선 별로 들어 보지 못했던 이야기이기에 비록 언제까지고 항상 이해하지는 못하면서도 — 그들에게 굶는다는 건 무슨 의미였을까? — 무언가를 배우고 싶어 하는 자신들의 눈동자를 반짝였다. 그 빛에서는 새로운, 다가오는 것보다 자비로운 시대가 조금 내비쳤다. 그럴 때면 굶는 광대가 이따금씩 말했다. 어쩌면 모든 것이 그래도 약간 나아지리라고, 만일 그가 있는 곳이 짐승 우리에서 그렇게까지 가깝지만 않았더라면 말이다. 짐승 우리에서 뿜어져 나오는 김, 야행성 동물들이 빚어 내는 소란, 맹수들한테 먹일 고깃덩어리를 들고 지나가는 일, 먹이를 줄 때 동물들이 내지르는 소리 따위가 몹시도 그를 불쾌하게 하였고, 끊임없이 그의 마음을 짓눌렀다. 이런 사실들을 제쳐 두더라도, 무엇보다 사람들은 단지 위치 때문에 너무도 쉽게 선택해 버렸다. 그러나 감히 감독 부서에 청원하지는 못하였다. 어쨌든 동물들 덕에 그 주변을 찾아오는 사람들이 많았고, 그러다 보면 개중엔 간혹 굶는 광대를 보러 오는 사람도 있을 수 있었던 것이다. 또 그가 자신의 존재를 그들에게 상기시킴으로써, 즉 정확하게 보자면 자기가 짐승 우리로 가는 길에 놓인 장애물일 뿐이라는 사실을 아울러 상기시킨다면 사람들이 그를 어디다 처박아 버릴지 누가 알겠는가.

아무튼 작은 장애물이기는 했다. 점점 작아져 가는 장애물. 요즘 같은 세상에 굶는 광대를 보라고 하는, 그러한 별스러움에 사람들은 익숙해졌고, 이렇게 익숙해졌다는 사실로써 그에 대한 판결이 내려졌다. 그는 자기가 할 수 있는 만큼 한껏 굶고 싶었고, 또 그렇게 하였으나 이젠 아무것도 그를 구원해 주지 않았다. 사람들은 그의 곁을 지나쳐 갔다. 누군가에게 굶는 기예를 설명해 보이겠다니 이 얼마나 어처구니없는 일인가! 느끼지 못하는 이를 이해하게 할 수는 없는 법. 한때 아름다웠던 글자들은 이제 더러워져 읽을 수 없게 되었다. 사람들은 그걸 찢어 냈고, 아무도 그것을 갈아 끼우려 하지 않았다. 처음에는 조심스럽게 날마다 갈아 써넣었던 큼직한 숫자들, 지나간 날짜를 적어 붙여 둔 작은 판, 그것은 이미 오래전부터 늘 똑같았다. 처음 몇 주가 지나자, 고용 담당 직원에게도 이 사소한 작업이 지겨워졌기 때문이었다. 그리하여 굶는 광대는 한때 그 자신이 언젠가 꿈꾸었던 대로 계속 굶었고, 또 그건 그가 예전에 미리 장담했던 것처럼 쉬이 이루어졌지만 날짜를 헤아리는 사람은 아무도 없었다, 아무도. 굶는 광대 본인조차도 자기가 벌써 얼마 동안이나 굶었는지 몰랐으며, 그의 마음은 무거워져 갔다. 그리고 어쩌다 한번 한가한 사람이 멈춰 서서 묵은 숫자를 보고는 재미있어 하며 사기를 운운했다. 그런데 그건, 다음과 같은 의미에서 무관심과 타고난 심술이 지어낼 수 있는 가장 심한 거짓말이었다. 왜냐하면 굶는 광대는 사기를 치지 않았기 때문이다. 그는 정직하게 일했지만, 세상이 사기를 쳐서 그의 임금을 가로챘다.

그래도 또 여러 날이 흘러갔다. 그리고 그 또한 끝이 있었다. 한번은 광대가 든 우리가 어느 감독 눈에 띄었다. 그 감독은 하인에게 왜 이런 쓸모 있는 우리에다 썩은 짚 더미를 넣어 둔 채 그냥 버려두었느냐고 물었다. 그러자 아무도 영문을 모르다가 마침내 숫자가 붙은 판 덕분에 굶는 광대의 존재가 생각났다. 막대기로 짚북데기를 헤집고 나서야 그 속에서 굶는 광대를 찾아냈다. "자네, 여태 굶고 있나?" 하고 감독관이 물었다.

"대관절 언제가 되어야 좀 그만두려나?", "용서하십시오, 모두들." 하고 굶는 광대가 속삭였는데, 그의 말은 창살에 귀를 갖다 붙인 감독관만이 알아들을 수 있었다. "용서하고말고." 하며 감독관은 손가락을 이마에 갖다 댔다. 그렇게 굶는 광대의 상태를 직원들에게 암시하려고 했다. "우린 자네를 용서하네.", "줄곧 저는 여러분들이, 제가 굶는 모습을 보고 경탄해 주기를 바라 왔소." 하고 굶는 광대가 말했다. "우린 놀랐는데!" 감독관이 선뜻 응수하였다. "하지만 여러분들은 놀라선 안 돼요." 굶는 광대가 말했다. "도대체 왜 우리가 놀라지 말아야 한다는 거요?", "그건," 하고 굶는 광대가 말하면서 작은 머리를 약간 들어 입맞춤을 하려는 듯이 입술을 모아 내밀었다. 그러면서 아무 말도 새어 나가지 않게끔 감독관의 귀에 입술을 바짝 대고 말했다. "그건 입에 맞는 음식을 찾지 못했기 때문입니다. 내가 그런 음식을 찾았더라면, 믿어 주시오, 세상의 이목을 끌려 하지 않고 배부르게 먹었을 거요. 감독관님이나 다른 모든 사람들처럼." 그런데도 그의 빛을 잃은 눈

속에는, 비록 더 이상 자랑스럽지는 않더라도 굶겠다는 굳은 확신이 깃들어 있었다.

"이젠 정돈을 합시다!"라고 감독관이 말했고 사람들은 굶는 광대를 짚북데기와 함께 묻었다. 그 우리에는 젊은 표범 한 마리를 넣었다. 그토록 오랫동안 삭막했던 우리 속에서 이 야생 동물이 빠르게 돌아다니는 모습을 본다는 것은, 감각이 무딘 사람이라도 쉬이 느낄 수 있는 기분 전환이었다.

표범이 맛있게 먹을 만한 음식을 얼른 가져다주었다. 표범에겐 자유조차도 아쉬워하는 기색이 없었다. 필요한 모든 것을 터져 나갈 지경으로 갖춘 이 귀한 생물은 자유마저도 떼어 놓지 않고 이리저리 들고 다니는 듯했다. 치열(齒列) 어딘가에 자유가 꽂혀 있는 것 같았고 삶에의 기쁨이 뜨겁게 이글거리며 그것의 목구멍으로부터 나오고 있었다. 따라서 구경꾼으로서는 그걸 감당하기가 쉽지 않을 정도였다. 그래도 구경꾼들은 그걸 참아 가면서, 우리 주위로 몰려들어 자리를 뜨지 않았다.

그
— 1920년의 기록

그는 어떠한 계기에도 충분히 준비되어 있지 않다. 그러나 그 때문에 결코 자책은 하지 않는다. 그럴 만도 한 것이, 이렇듯 괴롭히며 순간순간 준비되어 있으라고 요구하는 이 인생에서 준비할 시간이 어디에 있단 말인가. 과제를 알기도 전에, 도무지 어떻게 준비할 수 있는 걸까. 다시 말하자면, 사람들이 자연의 과제, 오로지 인공적으로 작성된 것만이 아닌 과제를 감내할 수 있는가? 그래서 그는 이미 오래전부터 수레바퀴에 깔려 있었다. 기이하게도, 그러나 또한 위로가 되게도 그는 그럴 준비가 가장 안 된 존재였다.

모든 것, 그가 행하는 모든 게 그에게는 비상히 새롭게 보인다. 그러나 또한, 새로운 것의 이 불가사의한 변화는 불가능해 보이고, 인간 누대(累代)의 사슬을 깨뜨리는 것으로 보이고, 지금까지는 늘 적어도 예감할 수 있었던 세계의 음악을 처음으로 바닥까지 속속들이 깨뜨리는 것으로 보인다. 이따금 그의 교만 속에는 그 자신보다 세계에 대한 불안이 들어 있다.

그가 감옥에 만족했을지도 모른다. 수인(囚人)으로 죽는 것 — 그게 그가 지닌 인생의 목표인지도 모른다. 그러나 감옥은 새장이다. 무심하게, 우악스럽게, 자기 집에서처럼, 창살 사이로 세상의 소음이 쏟아져 들어오고, 나갔다. 수인은 사실 자유로웠다, 그는 모든 것에 참여할 수 있었다. 바깥에서 아무것도 잃은 게 없고 새장을 버리고 떠날 수조차 있었다. 창살들이 몇 미터씩 떨어져 서 있던 터라, 그는 갇힌 적도 없었던 것이다.

자기가 살아 있음으로 세상을 속인다는 느낌을, 그는 갖고 있다. 그럴 때면 이러한 장애를 다시금 자기가 살아 있다는 증명으로 취한다.

그 자신의 이마뼈가 그의 길을 막아, 그는 자기 자신의 이마를 피가 흐르도록 짓찧고 있다.

그는 이 지상에 갇혀 있다고 느낀다. 답답하다, 수인의 슬픔, 약점, 질병, 광기 어린 상상들이 그에게서 터져 나온다. 어떤 위로로도 그를 위로할 수 없다. 왜냐하면 그것이 바로 갇혀 있다는 고약한 사실을 마주한, 골치 아픈 위로일 뿐이기 때문이다. 그러나 그에게, 대체 무엇을 갖고 싶으냐고 물으면 그는 대답하지 못한다. 그는 — 이 점이 그가 지닌 가장 강력한 증거의 하나다. — 자유라는 것을 상상조차 하지 못하니 말이다.

어떤 사람들은 태양을 가리킴으로써 비통을 부인하고, 그는 비통을 가리킴으로써 태양을 부인한다.

자학적이고, 힘겹게 뒤뚱거리며, 자주 오랫동안 막히는, 그러면서도 바탕에서는 그치지 않는 모든 삶의 파동이, 타인 그리고 자신의 삶의 파동이, 그를 괴롭힌다. 그것에는 필연적으로 그치지 않는 사고의 강요가 뒤따르기 때문이다. 이따금씩 그에게는 이 괴로움이 사건들보다 앞섰던 것처럼 보인다. 자기 친구가 아이를 얻었다는 말을 들었을 때 그는 알았다. 자기는 아이를 얻는 대신, 때 이른 사상가가 되어 괴로워했다는 사실을.

그는 두 가지 방법으로 본다. 첫째는 침착하고, 삶으로 충만하고, 어느 정도의 쾌적함 없이는 불가능한 관찰, 숙려, 연구, 쏟음이다. 그 수와 가능성은 무한하다. 지네조차도 기어들려면 제법 큰 틈바구니가 필요하거늘, 저 작업들에는 도무지 자리가 필요하지 않다. 눈곱만큼의 틈바구니마저 없는 곳에서도 그것들은, 서로 얽혀, 천 또 천의 몇 배로, 떼 지어 살 수 있다. 그런데 두 번째 것은 소환해서 해명을 해야 하는데, 목소리가 나오지 않는 때에 관찰 등으로 되던져지는 순간이다. 그러나 이제 자신의 장래가 무망하다 하여 그것과 더불어 그 안에서 더 이상 첨벙거리고만은 있을 수 없어서, 자신을 무겁게 해서, 외마디 비명을 내지르며 가라앉고 만다.

다음 것이 문제다. 여러 해 전에 나는 한번 슬픔에 잠겨 라우렌치 산의 가파르지 않은 기슭에 앉아 있었다. 나는 내가 인생에 대해 지닌 몇 가지 소망을 점검해 보았다. 가장 중요하고 가장 마음을 끄는 소망으로 남은 것은, 생(生)에 대한 하나의 조망을 얻었으면 하는 (그리고 ── 아무튼 그것은 필연적으로 결부돼 있지만 ― 글로써 다른 사람들에게 그것을 확신시킬 수 있었으면 하는) 소망이었다. 생을 자연스럽고, 쓰라린 영고성쇠를 지닌 모습 그대로 보면서도 동시에 그에 못지않게 또렷이 하나의 무(無)로, 하나의 꿈으로, 하나의 붙잡을 데 없는 부동(浮動)으로 인식하는 그런 조망 말이다. 만약 내가 그것을 올바르게 소망했더라면 그것은 아마 멋진 소망이리라. 대략 거북스러울 만큼 수공 규격에 맞춰, 한 치도 어긋나지 않게 망치질을 하여 책상 하나를 짜 맞추면서 동시에 아무것도 하지 않으려는 소망, 그것도 "그에게는 그 망치질이 아무것도 아니야."라고 말할 수 있는 것이 아니라 "그에게는 그 망치질이 정말 굉장한 망치질이면서 동시에 아무것도 아니야."라고 말할 수 있는 상태, 그럼으로써 망치질이 더욱 대담해지고 더욱 단호해지고 더욱 현실적이고, 그리고 원한다면 더욱 미친 듯이 가속할 수도 있는 그런 소망으로서 말이다.

그런데 도저히 그렇게는 소망할 수 없었다. 그의 소망은 소망이 아니었으니까. 다만 그때는 그가 그 안으로 의식적인 첫걸음조차 미처 내딛지 않았었다. 이미 그것은 자기 삶의 필수적인 원소로 느끼고 있었던 허무의 옹호요, 시민화이자 그가 허무에게 주고자 했던 쾌활한 입김에 불과했으니까. 그때 그것은 젊음이라는 허상계(虛像界)와 나눈 일종의 결별이었다. 아무튼 젊음이 그를 직접 기만한 적은 한 번도 없었다. 다만 그것은 사방에서 들려오는 온갖 권위적인 설교에 의해 그가 기만당하게끔 했었다. 그래서 '소망'이 필수 불가결하였던 것이다.

그는 다만 자기 자신을 증명한다. 그의 유일한 증거는 그 자신이다. 온갖 적수가 그를 금방 굴복시켜 버리는데, 그를 반증함으로써가 아니라(그는 반증될 수 없다.), 그들이 그들 자신을 증명함으로써 그렇게 한다.

인간의 통합은, 어떤 한 사람이 그의 강력한 존재로써 다른, 그 자체로 반증될 수 없는 개개인들을 반증한 것처럼 보이는 데에 근거한다. 이것은 이 개개인들에게는 달콤하고 위로가 된다. 하지만 거기엔 진실이 없고, 그래서 늘 지속도 없다.

그는 예전에 어떤 기념비적인 단체의 일부였다. 높이 솟은, 한가운데쯤에 군인 계급, 여러 가지 예술, 학문, 수공업의 상징들이, 신중하고도 신중하게 안배되어 서 있다. 이 많은 사람들 중의 한 사람이 그이다. 이제 이 단체는 오래전에 해체되었거나 아니면 적어도 그가 거기서 떠나 홀로 자신이 삶을 두루 겪도록 했다. 예전의 직업조차 이제 없다. 정말이지 그는 심지어, 자기가 당시에 무엇이었는지도 잊어버렸다. 아마도 바로 이러한 잊음에서 어떤 슬픔, 불확실, 불안 같은 것, 뭔가 현재를 암울하게 하는 지나간 시간들에 대한 욕구 같은 것이 결과했다. 그러면서도 이 욕구는 생명력의 중요한 한 성분, 아니 어쩌면 생명력 그 자체다.

그가 사는 건 자신의 개인적 삶 때문이 아니고, 그가 생각하는 건 자기의 개인적 사고 때문이 아니다. 그는 한 가족의 강박에 의해 자기가 살고, 또 생각하고 있다고 느낀다. 그 자체로 생명력과 사고력이 지나치리만큼 풍부하기는 하지만, 그가 모르는 어떤 법칙에 따라 일종의 형식적 필연성을 지니는 가족 말이다. 이 알지 못하는 가족과 이 알지 못하는 법칙들 때문에 그는 풀려날 수가 없다.

원죄, 인간이 저지른 이 해묵은 부당(不當)함의 본질은, 사람이 하는, 또 그만둘 수 없는 비난에 있다. 자기에게 부당함이 발생하였다는, 자기에게 원죄가 가해졌다는 비난 말이다.

카지넬리 가게의 진열창 앞을 아이들 둘이, 여섯 살쯤 되는 한 소년과 부유한 옷차림의 일곱 살짜리 소녀가 슬슬 왔다 갔다 하며, 신에 대하여 그리고 죄에 대하여 이야기하고 있었다. 나는 그들 뒤에 서 있었다. 가톨릭교도로 보이는 소녀는 하느님한테 거짓말을 하는 행위만을 죄로 쳤다. 그러자 신교도인 것 같은 소년이, 그럼 사람들한테 거짓말하거나 훔치는 일은 무어냐고 어린아이답게, 고집스럽게 물었다. "그것도 아주 큰 죄지." 하고 소녀가 말했다. "그렇지만 제일 큰 죄는 아니야, 하느님한테 짓는 죄가 제일로 큰 죄야. 사람들한테 죄짓고는 고해를 할 수 있잖아. 고해를 하면, 금방 천사가 내 뒤에 서 있지. 하지만 죄를 지으면, 악마가 뒤따라와. 단지 눈에 보이지 않을 뿐이야." 그러고는 반동강하고 진지함에 지쳐, 소녀가 구두 뒤축을 딛고 빙글 돌며 말했다. "봐라, 얘, 내 뒤에 아무도 없잖니." 소년도 똑같이 빙글 돌다가 거기서 나를 보았다. "봐라." 하고 소년이, 내가 그 말을 들을 수밖에 없다는 사실을 고려하지 않은 채, 아니 그런 생각조차 않고 말했다. "내 뒤엔 악마가 서 있네." 그러자 "그건 나도 보여," 하고 소녀가 말했다. "하지만 그 악마를 말하는 건 아니야."

그는 위로를 바라지 않는다. 그러나 바라지 않아서가 아니라 — 누가 그것을 바라지 않으랴마는, 위로를 찾는다는 건 이 작업에 자신의 삶을 바치는 것이요, 자기 존재의 가장자리에서, 거의 그 바깥에서, 항시 살아 있음이며, 누구를 위해서 위로를 찾는지조차도 잘 모르게 되어 버리는 것이요, 그래서 효과를 내는 위로를 결코, 단 한 번도 찾아낼 수 없는 것이기 때문이다. 존재하지 않는 진정한 위로가 아니라 효과만 내는 위로조차 말이다.

함께 살아가는 사람들이 매사를 고정시켜 버리는 데에 그는 저항한다. 사람이란 자기가 틀림없을 때조차도, 타인에게서 오로지 자기의 시력(視力)과 안광(眼光)이 미치는 저 부분만을 본다. 그는 누구나처럼, 그러나 극도로 과잉되게 자신을 한정시키려는 중독증을 가지고 있다. 함께 살아가는 사람의 시선이 '볼 수 있는 힘'을 지닌 만큼 말이다. 로빈슨 크루소가 만일 섬의 가장 높은 지점, 아니 보다 정확하게는, 가장 잘 내다볼 수 있는 지점에서 결코 떠나지 않았더라면, 위로든 겸손이든 공포든 무지든 동경 때문이든, 그는 멸망하였을 터다. 그러나 그는 배나 빈약한 망원경에 대한 생각을 떨쳐 버리고, 그 섬 자체를 탐사하고 그곳을 기쁘게 받아들이기 시작했다. 그 때문에 그는 버티고 살아남았으며, 아무래도 상식상의 필연적인 귀결로, 마침내 발견되었다.

"너는 너의 고생을 미덕으로 만드는구나."
"첫 번째 누구나 그렇게 하고, 두 번째에는 하필 나만 그러는 것이 아니다. 나는 나의 고생을 그냥 고생이게끔 내버려

둔다. 늪에 물을 대 주는 것이 아니라 그 열병 같은 김 속에 사는 것이다."

"바로 그 점을, 너는 너의 미덕으로 만들고 있다."

"누구나처럼, 이라고 내가 벌써 말하지 않았나. 어쨌든 오로지 너 때문에 그러는 거야. 네가 변함없이 나에게 다정하도록, 내가 내 영혼에 상처받는 거야."

모든 것이 그에게 허락되었지만, 자기 망각만은 아니었다. 그럼으로써, 아무튼 다시금 모든 것이 금지되었다. 단 한가지, 전체를 위하여 당장 필요한 것만 빼고.

의식을 좁게 지니는 것은 하나의 사회적 요구다.

모든 미덕은 개인적이고, 모든 악덕은 사회적이다. 사회적 미덕으로 간주되는 것, 사랑, 이타심, 정의, 희생정신 따위는 '놀랍도록' 약화된 사회적 악덕에 불과하다.

그의 동시대인들에게 그가 말하는 '네.'와 '아니오.' 그리고 사실 꼭 말해야 할 터인 저이에게 말하는 '네.'와 '아니오.'의 차이란 필경 삶과 죽음의 차이에 상응할 것이다. 또한 그로서는 똑같이, 오로지 예감으로써만 파악할 수가 있다.

개개인들에 대한 후세의 판결이 동시대인들의 그것보다 옳은 이유는 죽었다는 데에 있다. 사람들은 자기 나름대로 죽은 뒤에야 비로소, 홀로 있을 때야 비로소, 발전하는 법이다. 죽어 있음은 개개인에겐 굴뚝 청소부의 토요일 밤과도 같으니, 그들은 몸에 붙은 그을음을 씻어 낸다. 그리하여 동시대인들이 그에게 더 해를 끼쳤는지, 그가 동시대인들에게 더 해를 끼쳤는지가 가시화된다. 후자의 경우라면 그는 위대한 인물이다.

부정하는 힘은, 끊임없이 변화하고 새로워지고 사멸되며 소생하는 인간이라는 '투사(鬪士) 유기체'의 지극히 자연스러운 발로인바, 우리는 늘 그럴 수 있는 힘을 가지고 있다. 그러나 그럴 수 있는 용기는 가지지 못했다. 삶이란 '아니오.'라고 하는 것인데도, 즉 부정이 긍정인데도.

그의 사고가 사멸하면서, 그가 더불어 죽는 것은 아니다. 사멸하는 것은 단지 내면세계(언제까지나 존속하는, 설령 그것 또한 하나의 생각일 뿐이더라도) 안에서 이뤄지는 현상이고, 다른 모든 현상들과 마찬가지로 하나의 자연 현상일 뿐이다. 기쁘지도 슬프지도 않은.

그가 거슬러 헤엄치는 강물은 워낙에 급류여서, 사람들은 어쩌다 방심에 빠질 때면 이따금씩, 자신이 그 한가운데서 첨벙거리고 있는 황량한 안정 상태에 절망한다. 그다지도 끝없이 멀리, 무력한 어느 순간에, 되밀려 와 버린 것이다.

그는 목이 마른데, 바로 하나의 덤불숲 너머에 샘이 있다. 그러나 그가 둘로 갈라졌으니, 한 부분은 전체를 조망한다. 자기는 이곳에 있으며, 샘이 곁에 있음을 본다. 그러나 두 번째 부분은 아무것도 알아차리지 못한다. 기껏해야 첫 부분이 모든 것을 본다는 사실에 대해 한 가닥 예감을 할 뿐이다. 하지만 그는 아무것도 알아차리지 못하기에 샘물을 마실 수 없다.

그는 대담하지도 경박하지도 않다. 그러나 또한 겁먹지도 않았다. 자유로운 삶이 그를 두렵게 하지는 못한다. 그런데 그런 삶이 그에게는 이뤄지지 않는다. 그러나 그것은 또한 그에게 근심이 되지 못한다. 그가 도무지 자기 자신을 근심하지 않기에. 그러나 그에겐 전혀 모르는 어떤 '누군가'가 있다, 그를 두고 — 오로지 그를 두고 — 근심하는. 그에 대한 이 '누군가'의 근심이, 특히나 이 근심의 영속(永續)이 이따금씩 고요한 시각에 괴로운 두통을 일으킨다.

몸을 일으키려 하면, 어떤 무거움이 그에게 장애로 다가온다. 모든 경우에 대하여 지켜진다는 한 가닥 느낌, 그를 위해 마련되어서 오로지 그의 것인 숙소의 예감 말이다. 그런데 고요히 누워 있노라니 자기를 그 숙소로부터 쫓아내는 불안이 장애가 돼 버린다, 양심이, 죽음 앞에서의 불안 그리고 욕구인 그것을 반증하고자 끝없이 뛰는 가슴이, 그 모든 것이 그를 가만있게 내버려 두지 않아서 그는 또다시 몸을 일으킨다. 이 '오르락내리락' 그리고 이 길들에서 이뤄진 몇 가지 우연한, 곁에서 얼핏 본 관찰들이 그의 삶이다.

그에겐 적수가 둘이다. 첫 적수는 그를 뒤에서부터, 근원에서부터 압박한다. 두 번째 적수는 그가 앞으로 나아가는 길을 가로막는다. 그는 그 둘과 싸운다. 사실 두 번째 적수와 싸울 때는 첫 번째 적수가 그를 지원한다. 첫 적수는 그를 앞으로 밀어붙이려 하기 때문에. 그리고 꼭 마찬가지로, 첫째 적수와 싸울 때는 둘째 적수가 그를 지원한다. 둘째 적수는 그를 뒤로 몰아대기 때문에. 그런데 그것은 이론상으로만 그럴 뿐이다. 왜냐하면 적수는 둘만 있는 게 아니라 그 자신도 자신의 적이기에, 그중 누가 대체 그의 뜻을 알겠는가? 하여간 그의 꿈은, 언젠가 감시받지 않는 어떤 순간에 — 그런 순간에 속하는 건 아무래도 어느 밤이다. 여태 있었던 그 어떤 밤보다 더 캄캄한 — 전투 대열에서 뛰쳐나가서, 전투 경험이 있으니까, 서로 싸우는 두 적수의 심판관으로 격상된다.

옮긴이
전영애

서울대학교 독어독문학과를 졸업하고 같은 학과 대학원에서 박사 학위를 받았다. 한국괴테학회 회장, 독일 프라이부르크 고등 연구원의 수석 연구원을 역임했으며 현재 독일 바이마르 고전주의 재단의 연구원이다. 2011년, 괴테 연구가에게 수여하는 최고의 영예로 꼽히는 독일 바이마르 괴테학회의 괴테 금메달을 수상했다. 지은 책으로는 『어두운 시대와 고통의 언어: 파울 첼란의 시』, 『독일의 현대 문학: 분단과 통일의 성찰』, 『카프카, 나의 카프카』, 『시인의 집』 등이 있고, 옮긴 책으로는 헤르만 헤세의 『데미안』, 프란츠 카프카의 『변신·시골의사』, 크리스타 볼프의 『나누어진 하늘』, 괴테의 『괴테 시 전집』, 『괴테 자서전』(공역) 등이 있다.

법 앞에서

1판 1쇄 펴냄 2017년 6월 30일
1판 6쇄 펴냄 2024년 4월 29일

지은이 프란츠 카프카
옮긴이 전영애
발행인 박근섭, 박상준
펴낸곳 (주)민음사

출판등록 1966. 5. 19. 제16-490호
서울특별시 강남구 도산대로1길 62(신사동)
강남출판문화센터 5층 06027
대표전화 02-515-2000 팩시밀리 02-515-2007
www.minumsa.com

ISBN 978 89 374 2924 8 04800
ISBN 978 89 374 2900 2 (세트)

* 잘못 만들어진 책은 구입처에서 교환해 드립니다.